Café-teatro

LARANJA ● ORIGINAL

Café-teatro

Ian Uviedo

1ª Edição, 2021 · São Paulo

PREFÁCIO

Está lá. Acho que ninguém lê. Mas com certeza deve estar no Manual do Fotógrafo que não quer se ferrar. Em algum lugar deve estar escrito que, ao exercer sua função, não é permitido interferir, participar ou se envolver. Se essa regra for quebrada, infortúnios vão se suceder, e o destino lavará as mãos. No filme "A Grande Arte", adaptação do livro homônimo de Rubem Fonseca, o fotógrafo (no livro é um advogado) se envolve ocasionando uma série de dissabores para o personagem. Na vida real, Kevin Carter, após ganhar um Pulitzer aos 33 anos por uma foto em que ele não se envolve, não aguenta a barra e acaba cometendo suicídio. O fotógrafo tem um trabalho a fazer e o deve fazer inescrupulosamente e sem qualquer tipo de envolvimento se quiser continuar dormindo à noite sem esperar pedido de resgate dos fantasmas que vão persegui-lo em seus pesadelos. O personagem de Ian Uviedo, nesse romance noir ou de "literatura brutalista", parece talhado com esmero, um fotógrafo impassível que frequenta cinemas pornôs de arte e gosta de fotografar revoadas de pombos que ele mesmo faz questão de provocar. Seu caráter aparentemente fleumático é explicado ao longo da narrativa em flashbacks de sua infância com o pai severo e pouco amoroso e a mãe submissa. Com a morte do pai, ele ganha um padrasto terno e carinhoso, mas que ele despreza. E sua frieza e seu profundo desinteresse pelas pessoas em nada o afetariam se não acontecesse o inevitável encontro com a mulher misteriosa que nunca pode faltar em uma narração noir. A partir daí acompanhamos o personagem sendo enredado de forma irreversível e o seu périplo por hotéis baratos com sua Olympus 35 pendurada ao pescoço subindo e descendo de elevadores com portas pantográficas, almejando "não fotografar o seu corpo, mas sim a sensação de vê-la" em noites que o devoram e o regurgitam ainda mais miserável e próximo da derrota iminente e de um fim trágico. Ian nos proporciona com esse livro muito mais que uma simples narrativa noir, mas sim uma espécie de "Último Tango" de Bertolucci, só que nesse é a mulher quem dita as regras e quem embaralha as cartas. É um "Blow-Up" filmado em P&B por Leos Carax. Denis Lavant ficaria perfeito no personagem do fotógrafo. Escrito com elegância e distanciamento quase que análogo ao personagem, o livro é um mergulho por vezes sufocante em um mundo onde a beleza parece espreitar a cada esquina, mas que, por ser também relutante como qualquer mulher misteriosa e que nunca coloca todas as peças na mesa, não permite que a fotografem e que lhe roubem a alma e os seus pecados mais secretos. Alguém vai ter de pagar por isso.

depois caminhando sozinho
lembrei da ciranda que meu pai cantava

GILBERTO GIL

1

Subi ao apartamento de Lígia pela primeira vez no dia 12 de junho de 2017. Já naquele ano toda a iluminação consistia num arranjo de velas coloridas sobre o parapeito da janela. As luzes do Viaduto do Chá, interceptadas pela sombra do Teatro Municipal, eram vistas, mas não iluminavam nada. Lígia disse que deixaria a porta aberta, e assim o fez, mas de algum modo era como se a penumbra de seu quarto tivesse mais força de propagação do que a luz das suas velas. Ela morava em um prédio velho no centro de São Paulo, sem elevador, e quanto mais eu avançasse pelas escadas, quanto mais se dilatassem as pupilas, o escuro permanecia imóvel. Hoje não sei por que, voltando a esta visita, me atenho tanto aos detalhes da luz. Talvez seja porque de algum modo aquela relação específica entre luminosidade e escuridão fosse uma síntese de tudo o que aconteceria entre nós. A instalação colorida de Lígia — tal qual a exceção que confirma a regra — só servia para medir o tamanho daquela noite. Eu já tinha entrado em muitos apartamentos assim, para não dizer piores. Principalmente no começo da carreira, o chão de meus sapatos tinha sempre degraus: visitei dezenas de motéis, pensionatos e lugares solitários na cidade e no interior. Em todos o mesmo cheiro de hortelã, o mesmo crescer de plantas, os mesmos ângulos vazios. A julgar pelas lombadas dos livros que as velas descortinavam na penumbra, o apartamento de Lígia parecia até bastante arrumado naquela noite. Um lugar onde poderia viver uma família, não fosse o aspecto de abandono. Ela estava deitada no sofá, fumava um cigarro com os olhos na janela, e o sofá era uma arca erguida meio à desordem. É difícil descrever este lugar sem usar das referências que adquiri nas vezes que lá retornei, fosse à luz do dia, fosse na luz rosa do entardecer, quando tudo se enchia de nitidez e contraste: as zínias secas penduradas no teto da cozinha, os cinzeiros pesados de barro, o tabuleiro de xadrez pregado na parede, os livros entrincheirados entre as prateleiras e a escrivaninha, enfim, estes objetos são o que hoje se embaralha na memória e o que corrompe a primeira visão daquele 12 de junho, quando tudo não era nada senão o rosto pálido de Lígia.

    O que importa é que ela ainda não havia me visto. Já tínhamos nos encontrado antes, e em todas as vezes me atingiam e perscrutavam seus olhos pequenos e claros versados no que diz respeito a pôr abaixo a estrutura do diálogo. Eu falava, e as palavras não tinham sequer o intuito de *comunicar* nada, serviam para postergar a ansiedade do encontro, eram maratonistas correndo rumo a um fim, uma despedida, e para isso tropeçavam, se atropelavam, e às vezes dançavam na fumaça do cigarro de Lígia, que nesses momentos era antes de tudo os seus olhos. Difícil sustentar o olhar. Mais difícil ainda percebê-lo distante, indo no ritmo dos passantes do viaduto ou escorrendo junto da cera que trepava na parede.

Me aproximei e vi seu torso coberto por uma manta. Me sentei ao seu lado, deslizei as mãos para baixo do tecido, trouxe seus pés sobre minhas pernas e com os dedos passei a explorá-los, apertando-os, amassando-os. Pés grandes e brancos raiados de nervos e tendões que a cada movimento meu iam provocar movimentos lá na boca de Lígia, que se mordia e se entreabria ao passo que minhas mãos avançavam, alcançando a panturrilha, as coxas macias, mas eu insistia em imitar a maré, e quando já quase na bacia, retornava devagar aos pés, sempre com algum acréscimo, dessa vez a boca, beijos como toques em seus enormes pés brancos.

Você veio mesmo.

Lígia falava de olhos fechados, repetia essa mesma frase com pequenas variações, mas as palavras pareciam vir da reação surgida entre meus dedos e suas pernas, carregadas de sotaque, palavras-cócegas, palavras-suspiros, e se eu disse "estava tão escuro que depois do terceiro andar eu já não sabia se estava subindo ou descendo" foi só para erguer a ponte entre nossos lábios, o silêncio dos nossos beijos.

2

Uso desde sempre uma *Olympus 35*, antes por uma questão afetiva do que técnica. Sem dúvidas uma grande angular ou câmeras digitais de maior abertura serviriam melhor às minhas fotos sombrias, quando tudo que se tem a iluminar é a queimação de velas e cintilações distantes na janela. Nem sei quantas vezes apanhei da decepção oriunda de observar na penumbra um espetáculo de cores feito bordô, escarlate, roxo, azul-turquesa, e não conseguir registrar nada senão borrões sem textura. Se a máquina não tivesse sido de meu pai, a lançava no esquecimento e largava mão na grana para me aventurar nos corredores da Sete de Abril e de lá retornar com equipamento que condissesse com meus olhares. Mas a nostalgia, e o afeto pelo seu avesso, se pregam fundo na gente. É assim também com o filho que retorna à casa da mãe e entra no quarto destinado aos retratos de família. Toda a história está lá. A criança que não veio na primavera, a mãe vestida para o casamento, as fotos escolares de 1978, a família reunida ao redor do bolo, um postal enviado do Rio. E o filho que à casa torna vai sentindo a memória com os olhos através da imagem. O mesmo acontece com os sonhos: a imagem se coloca como princípio, mas é na verdade acesso para outros refratários de símbolos que surgem nas texturas, nos sons, nos cheiros. A velha *Olympus 35* exercia essa fascinação. Era o instrumento que a um só tempo garantia meu movimento pela cidade e dizia que eu tinha uma história.

A primeira coisa que lembro de ter fotografado foi um quero-quero sobre uma pedra branca num domingo de sol. Amparado pelo torso de meu pai, tremendo, consegui fixar o olhar e capturar o bicho. Há três anos essa foto ainda existia na guarda de algum livro, mas depois também entrou para o inventário dos objetos perdidos. Óbvio que era uma fotografia tosca, exposta demais, sem foco e sem simetria, mas era a primeira palavra de uma história que aos poucos escrevi nas minhas madrugadas vermelhas, usando mais e mais da fotografia para conhecer o mundo, destinando cada *clic* a uma cena já imortal, cada rajada de luz ao efêmero paralisado, carregando a tiracolo a câmera como quem leva consigo um mapa. Uma história que principiei fotografando prédios, cartazes, passantes, recortes da cidade para manufaturar a colagem que chamo de estilo e que serviu de passaporte a incursões noturnas em todos aqueles motéis, pensionatos e solidões.

Na altura da infância em que fotografei o quero-quero, julguei que, sempre à presença de uma oportunidade, empregaria meu cargo de fotógrafo ornitológico. Nessa época ainda vivíamos longe da capital, e todas as manhãs os pássaros vinham ter com as sementes deixadas por nós na noite anterior. Antes de ir trabalhar, meu pai me permitia um único filme para gastar com os pássaros; estes ele revelava à noite e mostrava no jantar. A um par de meses, a situação ficou ridícula: o quero-quero foi o único a ser registrado. Todas as outras fotos nada mais eram que manchas brancas, grafias de fracassos. Mesmo assim guardei todas numa caixa vermelha — lembro bem dos detalhes azulados —, que se perdeu junto com tantas outras coisas.

Conheci operadores de astrógrafos, gente que fotografou a aurora boreal, fotojornalistas que se embrenharam pelos calores das boates mais escrotas do país, e todos recomendaram o óbvio para iluminar minhas fotos: lentes rápidas, retardar a velocidade do obturador, controlar o tempo de exposição, tripé, filmes de ISO alto. O que nenhum deles nunca compreendeu é o que significa a fotografia ser feita de luz e tempo, pelo menos para um retratista do meu calibre. Nenhum deles percebe que o tempo gasto configurando uma câmera altera o tempo de funcionamento de toda a situação, isto é, a própria imagem. Prefiro gastar este tempo revirando as gavetas do apartamento desconhecido atrás de velas, isqueiros, lanternas, porque este tempo não provocaria aborrecimento que empedrasse o instante — como faz a luz branca acesa de súbito —, mas alteraria tudo, contribuindo para uma fotografia que escancara o seu processo, sem falar no desfile de negativos, fotos mais ou menos parecidas umas em relação às outras, mas sempre com uma diferença substancial. Isso foi o que aprendi, o tempo gasto para garantir a luz ideal *au naturel* aperfeiçoa não só a imagem, mas tudo que a cerca. Desse modo, a relação não é apenas com a máquina, mas com o mundo. A rua me dá toda a sua luz: diante de uma grande cidade sou impotente, passivo; o quarto escuro só me oferece o escuro: diante da penumbra sou imponente, ativo.

3

Já faz muitos anos que fotografei o último pássaro, nem lembro quantos. Quem visse a foto, decerto não veria pássaro nenhum, mas uma chapa branca amarelecida. Pela força da sedimentação dos anos, não recordo qual a espécie do animal, tampouco onde se empoleirava. Se chovia, se fazia sol, se ventava. Nada. Só sei que foi o último, título que recebeu sob uma salva de lágrimas frustradas. Para brincar, e talvez para me humilhar — que é o jeito dos adultos brincarem —, meu pai escreveu no verso da foto, com letra cursiva, quase escolar: *retrato do amigo invisível*.

Em contraponto, lembro bem da foto que não exatamente inaugurou o meu ofício, mas certamente foi fundamental para que eu o encontrasse.

Em abril de 2015 conheci uma mulher chamada Isabel Agan. Cabelos escuros e desgrenhados no âmbar de alguma festa, embicava conhaque sentada a uma mesa ladeada de gente, seus gestos alargavam o espaço em volta dela, expansiva, embora tantas fossem as vezes que os dedos se enrolavam junto do cigarro no beiço e a cabeça ficava mansa por um minuto, as costas erguidas se recostavam criando um movimento perfeito entre seu colo e as pernas cruzadas, e este era o momento ideal para fotografá-la, que era o que eu tinha de fazer naquela festa. Fotografar as pessoas. Quando a música aumenta e a luz diminui, o fotógrafo pode sentar-se. E me sentei ao lado de Isabel. A primeira coisa que fiz foi fotografá-la bem de perto.

O que importa é que depois dessa noite fui encontrá-la numa tarde para fotografar os cômodos de sua casa. Isabel morava na Pompeia em um sobrado que procurava vender o quanto antes. No andar térreo todos os ambientes eram interligados; da porta principal, que se alcançava ao subir uma escada de concreto enfeitada com cerâmica branca, via-se tudo até a outra extremidade da casa, isto é, a sala bipartida por um degrau baixo, a sala enorme, e a cozinha ampla de cimento queimado iluminada por vitrais amarelos e azuis. Lembro de quadros encostados uns nos outros, virados para a parede. Lembro de cães que passavam feito sombras. Lembro do vento nas folhagens que tocavam os vitrais. Lembro de caixas, dezenas de caixas fechadas. E lembro, acima de tudo, da poeira que envolvia o lugar, dos rastros que deixavam os dedos em contato com qualquer superfície, dos pontos brancos vagando dentro dos cones de luz. Havia também uma escada espiralada de ferro torcido, bem no centro da primeira sala. O segundo andar era um corredor que peninsulava dois quartos enormes e se abria para um banheiro de mármore branco. Só conheci um dos quartos, se é que se pode chamar conhecer um lugar por apenas estar nele, na escuridão, deitado na cama, enquanto Isabel e eu nos ocupávamos de nossos corpos e tudo que eu podia divisar era uma mesa comprida apinhada de coisas e um espelho que servia de cabideiro para peças íntimas. De resto recordo desse cômodo só a silhueta da mulher sobre mim, recortada na atmosfera azulada do entardecer. Dentes e lençóis se arrastando ruidosos para a noite, trazendo sono e eletricidade, Isabel e silêncio, doçura e agonia, carne e borracha. Sei que em algum momento ela se levantou, se enrolou num robe e anunciou que ia tomar banho, e isso significava que eu deveria partir, de modo que fui da cama à varanda catando minhas roupas pelo chão e me vestindo e uma vez vestido adentrei na claridade do banheiro. Isabel estava imersa na banheira, apenas a cabeça recostada para fora, os olhos fechados, e da água se desprendia uma fumaça perfumada por pétalas longilíneas e roxas que não consegui classificar. Ela agora me olhava equilibrado nas bordas da banheira com a câmera. Bati uma única foto, e naquele momento, precedente a goles de conhaque e o caminho de volta para casa, só conseguia pensar em Ofélia. Noites depois, porém, no processo de revelação, descobri que havia fotografado apenas o torso de Isabel, tocado por uma das flores e sua sombra. Alguma luz imprimia na água um rastro esverdeado, e o que era para ser registro de uma noite de afeto mais se parecia com um animal morto guardado em formol.

Foto 1

Entre melancólica e desafiadora, ela espia a lente com só um olho (muito verde), porque o outro está coberto pelos cachos escuros. A luz âmbar, que vem de cima, serve para realçar a beleza dos seus traços. Rostos ocultos emolduram a cena e são as sombras a delinear objetos sobre a mesa: maços de cigarro, garrafas vazias e cinzeiros.

4

O *retrato do amigo invisível* é a única foto de que realmente lamento a perda. Não tenho qualquer registro da caligrafia de meu pai, tudo o que restou foram fotos dele e tiradas por ele, dispostas emolduradas num quarto na casa de minha mãe. Às vezes me pergunto se a incapacidade de me desgrudar da *Olympus 35*, sua velha câmera, não era uma tentativa de acessar aquele homem, uma terceira coisa a magnetizar dois pontos tão díspares.

Vendo as marcações internas da lente enquanto buscava o foco dos retratos, me lembrava do artista plástico Carlos Páez Vilaró que, no tempo em que seu filho esteve perdido na cordilheira dos Andes, passava horas admirando a lua, certo de que o filho também a admirava. O filho, que foi resgatado na véspera do Natal de 1972 após um desastre aéreo e de ter se alimentado de carne humana para sobreviver ao frio e à falta de mantimentos, deu um depoimento dizendo que sim, ele passava horas observando a lua. E que sim, junto a seus companheiros açoitados pela neve, chorando pelos mortos e pela desesperança, ele pensava no pai. Talvez por isso o sol tenha se tornado um elemento central na obra do pintor uruguaio. Para que essa correspondência com o satélite natural se tornasse a memória terna e espantosa de uma turbulência pertencente ao passado, e a luz dos dias se espalhasse pelo futuro. Vendo as marcações internas da lente, eu me sentia em relação ao meu pai como Vilaró se sentiu em relação ao filho. Mas não tive a sorte de um sol que viesse me guiar ou salvar. Diante de mim se estendeu a noite sem lua, iluminada apenas por clarões repentinos que não foram suficientes para iluminar o abismo.

É claro que a *Olympus* foi uma marca muito conhecida e a preferida de alguns fotógrafos dos anos setenta e oitenta, e juntando isso ao meu raciocínio eu estaria envolvido com todas as pessoas que utilizaram essa câmera. Mas o pensamento quando é afetivo só vaga, indiferente às imposições lógicas, e ao ajustar as configurações, sentia que olhava para um cômodo escuro onde ressoavam apenas os passos de meu pai. Além disso, era a única coisa que nos aproximava em um sentido quase genético. Porque olhando estas fotos dele, gordo e rubro, suarento e bruto, é impossível reconhecer algum traço dos que vejo no espelho. Puxei a magreza da família materna e aos 14 anos eu já era mais alto que meu pai. Na memória, os pelos vermelhos deste homem se embaraçam e consomem meus cabelos castanhos até que sumam. Isto quer dizer que seria incabível, depois de sua morte, usar as suas camisas, seus sapatos, seu blusão de camurça. A câmera era só o que servia. E serviu para traçar em São Paulo o meu trabalho, fundamentado inteiramente nas raízes controversas do prazer. Não sei se por causa dos biotipos incompatíveis de meus pais, que geravam no imaginário infantil cenas espantosas, há muito tempo que associo o sexo à tristeza. Porque depois do alívio só resta o vazio. E o vazio eram os dedos de conhaque, a caminhada de volta para casa em manhãs brancas. No meu caso, a tristeza se associava imediatamente ao álcool. No correr dos dias a tristeza é empastada, líquida, gasosa, solúvel, matéria amorfa e inofensiva que de repente acorda sob a luz dos postes, na presença do ruído de risadas, talagadas de aguardente, e a tristeza se arma, se empedra na garganta arreganhando os dedos, os dentes, as noites em que deixava a câmera encostada num canto e a cada nova manhã era preciso lembrar como se desce as escadas, como se pensa através de um muro de dor, e os demônios se intestinavam outra vez no pasto da melancolia. Era a vida inchada que eu ia levando. Até que uma noite, sentado junto a outros em algum complexo de bares, o demônio encarregado dos meus dedos os escorreu pela camisa de seda de Nara, doce Nara Sánchez, de quem falarei melhor mais adiante.

ontem à noite a noite
era pequena demais pra nós dois
assim a gente se arranhou, se mutilou e se entranhou
feito dois animais

Os versos desta canção badalaram nos dias que se seguiram após a noite em que Nara sussurrava, oculta sob a sombra suspensa em seu ventre, os antidepressivos ressecam a buceta, e a minha sombra enrijecia-se, tomando as paredes, monstruosa, animalesca, me chupa mais, ela pedia, e minha sombra escorria quente, arranhada, até os assombros de Nara que agora dizia me amarra, me amarra, e minha sombra, obediente, benévola, se estendia em laços compridos e grossos, ganhando unhas contra a carne, e Nara, apavorada, apontava com os olhos o celular em cima da mesa, sim, era isso: Nara queria uma foto.

5

Tudo que existe é um gato, uma xícara de café e um adeus. Depois o mundo começa a tomar forma e se reconstrói sob os sapatos. O céu é branco, existe uma coisa chamada inverno. Só aí é que vêm os sons, carros passando, máquinas da cidade em obras, vozes, música. O pensamento ainda é uma esfera solta num solo móvel. As ruas se perdem, o corpo recebe o ímpeto vertiginoso e tudo gira. Ao seu toque, na fechadura gira a chave, e é isto, o mundo está feito. O renascimento, a família, a morte, tudo isso vinha depois e não interessava. Pelos cantos da casa, em todas as geometrias, saltava aos olhos a foto de Nara, os braços curvados sobre a cabeça, detidos em laços, o pano nascendo da boca, as pernas abertas em duas pirâmides, a litografia sombria sobre a cama, de um lado as roupas numa pilha, do outro a mesinha onde repousavam maços de cigarro e tarjas pretas; em lugares inesperados era esta a imagem que eu via, das rosas estampadas no azulejo do banheiro às plantas na sala, todas as simetrias correspondiam ao fetiche de Nara.

Remoía a ideia de que provavelmente eu nunca veria aquela foto. O fotógrafo que enquadra a cena e não vê a foto é uma criança que colhe nas mãos uma concha e no segundo seguinte a perde outra vez para o mar. Resta só o silvo do vento, as areias da praia, o cabelo sobre os olhos, o sol frio, e toda a grandeza se reduzirá à sombra da concha que agora vaga no escuro.

Engraçado notar que o desejo de Nara de ser fotografada indefesa, quero dizer, uma vontade que nasce do caos, se espelhasse em padrões que ditam o pensamento e dizem que precisamos de equilíbrio e igualdade, como se estas grandezas não fossem antes de tudo materiais.

Pelo menos foi o que primeiro percebi no oratório de meus avós e que tantas vezes se repetiu em altares e despachos, em todas as manifestações religiosas uma distribuição harmoniosa de objetos, da Virgem às seis pimentas sobre a farinha na encruzilhada, há sempre um sistema tensionado de alturas e profundidade. Isso aponta para a importância da construção da imagem para a reação provocada no cérebro e, como é no caso da religião, uma reação em cadeia. A qualquer um que desça as escadas da Igreja Santa Cruz das Almas dos Enforcados se revelará um processo geométrico móvel: dezenas de velas crepitando sobre o ferro, formando a mesma silhueta de qualquer megalópole.

Talvez fossem estes os pensamentos que começavam a germinar quando a chuva caía sobre a infância e eu passava a tarde espiando o interior do oratório de meus avós. Santo Antônio e Nossa Senhora Aparecida. Um pingente com retrato do meu bisavô e um par de velas. Estatuetas de anjos. A chuva se rendia, os sapos se lamentavam na lama, a toada das gralhas em retirada e a dança dos morcegos no forro do teto iam se pronunciando, a água em espalhafato estourava na cerâmica e a chama se deitava nos olhos. Foi num desses anoiteceres que testemunhei a ruptura entre a desordem da natureza e a tentativa frustrada da humanidade em organizá-la. Meu pai me puxou da frente do oratório, meteu um pegador em minhas mãos, fomos até a pilastra do alpendre e na madeira ele apontou um rastro de gelatina estendido a partir do corpo de um caramujo. O bicho avançava devagar na umidade da madeira. Meu pai usou do pegador para jogá-lo dentro de um saco plástico. São uma praga estes bichos, pega quantos encontrar e taca aí dentro, disse. Na recordação esta frase permaneceu do meu lado quando eu já via meus pais lá dentro, movimentando-se atrás das janelas. Os chinelos patinavam sobre a cerâmica na caça, o céu amarelíssimo queimava árvores na distância, o frio ia se infiltrando entre os dedos dos pés e eu era só olhos atrás das cascas marrom-esverdeadas das lesmas, o som do pegador contra os bichos era crocante, e da rapidez ficavam fios de baba pendurados nas pilastras, nos troncos, nas paredes. Não sei quantas horas fiquei nisso. Desci o barranco em busca dos parasitas mais distantes e no caminho encontrava ninhos, nascentes, lagartos, e a cada novo integrante do biotério plástico que caía num baque mole junto aos outros, eu percebia mais detalhes, texturas na cor das cascas, variações na cor das lesmas, comparei tamanhos, antenas, e quando meu pai veio me buscar no pátio os bichos quase transbordavam da sacola.

São uma praga estes bichos, uma praga.

Na cozinha, abasteceu a mão de sal e largou sobre os caramujos. Se contorceram, fervidos, enrolaram-se uns nos outros. A morte emitia um apito mínimo, assoprado, nojento. Daí lembro da silhueta de meu pai recortada na porta, do bater da lata de querosene e dos caramujos incendiados na terra. Toda a caça se finalizava numa fogueira improvisada. E o movimento do fogo era muito diferente da simetria dos santos.

6

O céu queimava por detrás das nuvens, derramando mormaço entre as frestas de luz. Nos fios elétricos pombas resumiam-se a manchas e acima dos edifícios outras manchas escuras, abutres, corvos, moviam-se de forma circular em volta das parabólicas ou iam endireitar-se sobre a abóbada da igreja. Ao avançar da tarde a poluição tornava tudo mais bonito, o que significa que o céu se enchia de rosa e a luz antes diáfana que batia nos prédios agora os tocava com a delicadeza de um filtro cinematográfico. Às cinco e meia, e isso era regra, vários pássaros — dezenas deles — passavam pela janela, cingindo a paisagem de cores por uns cinco minutos. Pássaros menores que os abutres vinham com a noite, encaracolavam-se nas quaresmeiras da praça e desapareciam num silêncio de carros e vozes. Então o apartamento, que pouco mais é do que uma cama de lençóis bagunçados, plantas, gavetas, uma cadeira, um toca-discos, um aparelho VHS acoplado a uma pequena televisão, quadros voltados para a parede e um banheiro, o meu apartamento, era invadido pela penumbra que se aninhava junto da cama e do padrão do carpete duplicado no espelho. Era hora de descer as escadas, misturar-me à gente na rua, desvencilhado de tudo e seguindo à luz dos postes até os acontecimentos que se desdobrariam no amanhecer.

Na solidão do apartamento vinha a ideia de uma condenação inerente a todos os seres. O paradigma ação-reação. O termo reação, sinônimo de consequência, posto onde está, é fatal. Porque é o desconhecido, o inexistente, o infinito. Da mesma forma como quartos solitários nos levam quase sempre à filosofia barata, mesmo que não tenhamos consciência disso enquanto estamos na janela, a foto de Isabel e a foto de Nara é que tinham me conduzido até ali.

A sensação corrente é a de que, se eu pudesse evitar, decerto o faria, se pudesse voltar ao passado e mudar alguma coisa, me aniquilaria. A condenação se aloja numa ordem anárquica, que é mover-se. Todas as ações, os gestos, decisões abruptas ou pensadas, confluem para a construção de um único instante que é, por sua vez, só um ponto na malha que envolve as minhas experiências e as de outras pessoas. O "aniquilar", no caso, não se associa imediatamente ao suicídio, mas sim à utopia regressa que seria poder excluir-me de todas as minhas memórias, me dissociando por completo daquilo a que chamo vida. Tudo isso, é claro, só se apresenta dessa forma porque em tudo que faço se instala o germe da insatisfação e, antes de tudo, da incomunicabilidade. Se tivesse sido feliz, talvez nada importasse. Não acho que este seja um posicionamento neutro, e nem procuro que seja, só penso assim porque me condeno no passado, uma vez que sou a reação — prejudicada — das ações de um outro que sou eu mesmo num tempo que não existe. Dessa forma, em todos aqueles momentos, quando encostei no tronco de meu pai para fotografar o quero--quero, quando desci pequenas colinas atrás de caramujos, quando passava os dedos pelos detalhes azulados da caixa vermelha cheia de fotografias, quando me escondia da chuva espiando os oratórios, quando tentava fotografar pássaros, pressinto em retrospecto a presença de um irmão. Alguém com as mesmas referências que eu e que, no entanto, só observava a tudo para contar depois com ar de deboche. Os dois irmãos são eu e não são nada. Não chega a ser uma criação afetiva imaginária, posto que estas existem para o alívio da solidão, e posso afirmar isso por dois motivos: não houve alívio nenhum na solidão, é o primeiro. O segundo: só percebo agora a presença deste irmão, é um ente que surge na memória com pretextos explicativos. Este irmão não tem rosto, não tem história, não tem intenção. Um observador que só não é irrelevante porque a própria ideia de sua existência é cruel, tal como se dá com os deuses. A invenção do passado é um cargo para o qual não temos nenhuma qualificação e ao mesmo tempo é uma obrigação que nós nunca aperfeiçoamos.

Agora parece óbvio porque fotografo. A fotografia é uma rede de olhares, de testemunhas oculares que se desprendem e passam a ser só espelhos circunstanciais. Mas como ter certeza? A verdade é efêmera; e se amanhã fotografo por outra coisa? Em meia-hora a vida pode mudar por completo, basta acender as luzes, ouvir barulhos na escada ou dar um passo em falso. Mas existia um suspiro nisso tudo. Todas as memórias da infância, a figura dos meus pais, a presença de um irmão silencioso, a escolha da fotografia, os pensionatos, os motéis, a solidão, a religião, o sexo, a foto de Nara, a foto de Isabel, tudo valeu a pena se serviu para que eu conhecesse Lígia.

Foto 2

O céu, muito branco, é o centro da imagem, e cada um dos vértices é ocupado por manchas escuras de diferentes naturezas: 1. Folhagem; 2. fios de tensão; 3. a ponta crucificada duma catedral; 4. uma revoada de pássaros.

7

Os olhos de Lígia me encontraram pela primeira vez na noite de uma quinta-feira fria e chuvosa de setembro. A greve de ônibus tinha impedido a realização de um trabalho, o trânsito aumentava e a televisão dizia que as enchentes tinham tomado conta de tudo. Essa tevê eu ouvia em um bar ao lado do Café-Teatro, sozinho com uma cerveja. O barulho da chuva no forro transformava tudo numa gruta submarina, as luzinhas penduradas nas árvores lá fora mais pareciam com transatlânticos partindo, bandejas passavam cheias de ostras e fumaça. As pessoas falavam, riam, espalmavam no ar junto com a televisão, junto com a chuva, junto com os gritos dos garçons, o alumínio e a louça.

Ao que tudo indica, quem mora em São Paulo já se acostumou com essa britadeira-sinfônica martelando o chão do ouvido — como era o meu caso, e agora, passado tanto tempo desse momento, o que eu não daria para ter os ouvidos inundados por ruídos urbanos —, mas quando se está um pouco sensível, quero dizer, quando se está um pouco mais irritadiço, é como se você emergisse da água no instante da explosão. Peguei a cerveja, um cigarro e saí. Os donos do boteco tinham improvisado um alpendre com lona listrada e pedaços de ferro, a fim de não perder clientes fumantes. Para piorar, ainda era dia de jogo e a saída para o fumadouro estava apinhada de torcedores. Com o cigarro na orelha e a cerveja caindo no chão, consegui deslizar entre homens úmidos de chuva e suor. Alcancei a calçada de supetão, um pé muito adiante do outro, e ao erguer a cabeça a primeira coisa que vi foram olhos. Olhos suspensos num rosto de lua cheia suspensa num véu de cabelos lisos, compridos e escuros. Nessa noite Lígia usava um sobretudo cinzento que deixava entrever sua meia-calça preta e coturnos azul-petróleo. Encostei num poste ao seu lado. Com o canto do olho vi que ela procurava algo em sua bolsa de pano marrom. Sacou um cigarro de filtro branco e usou fósforos. Com isqueiro acendi o meu, já todo amassado e úmido. Filtro vermelho. Um garçom tirou o acúmulo de água da lona com um cabo de vassoura, encharcando a barra da minha calça. Fiquei bravo, mas como conhecia o pessoal, ganhei uma dose de Seleta para esquentar. Tudo o que eu mais queria na vida era fotografar aquela mulher, seus cabelos longos, seu casaco, seu rosto esfumado e melancólico. Melancólica era a chuva, a impossibilidade de voltar para casa, a noite de inverno, as risadas dentro do bar, a catarse do gol, as memórias, as luzes piscando nas árvores; melancólico era o cigarro se desmanchando na boca, o suéter puído, o desejo de que as coisas fossem de outra maneira, o meu pai, o sobretudo cinzento da garota, os cabelos tristes e lindos, o rosto branco feito papel japonês, o meu testemunho da sua beleza apagada em vapor na noite fria e chuvosa da maior cidade da América do Sul. Olhar aquela Lígia anônima na chuva colocava as coisas em perspectiva. Tudo aquilo de escroto que circulava nas minhas memórias tornou-se potencialmente mais escroto. As calçadas ensebadas da Luz, as escadas dos inferninhos, os homens parados frente ao Café-Teatro ou subindo suas escadas de veludo vermelho. Diante da beleza e do desconsolo de Lígia, eu parecia incapaz de retornar a estes lugares — embora fosse necessário —, como se eu tivesse sido tocado por uma purificação. A presença dela ocasionava o reencontro do grotesco com o grotesco, era onde todos os males civilizatórios eram perdoados e esquecidos. Um anjo fumante com os lábios brancos de espuma.

 Meses mais tarde, deitados na cama a observar as zínias que pendiam do teto, quando Lígia já confiava em mim o suficiente para transportar nossos encontros em motéis para seu apartamento, fomos relembrar esse primeiro encontro, do instante em que nos vimos pela primeira vez ao momento em que podíamos enrolar o lençol no corpo e ir até a cozinha buscar um garrafão de vinho, todo um universo de quartos e encontros fugazes. Ela disse que sua vontade era de me levar a um terraço, me dar uma pera, ir comigo ver casas sendo demolidas. Naquele instante. E eu falei que a única vontade era a de fotografá-la, mas que isso seria impossível, já que eu não queria fotografar seu corpo, e sim a sensação de vê-la. A partir daí, isso era tudo que eu buscava com a *Olympus*: tocar com os olhos objetos que circunscrevessem a grandeza de Lígia.

 Um número azul de telefone, rabiscado num guardanapo meio desfeito pela chuva, é o passaporte para regiões escuras do desejo humano, regiões que são desdobramentos daquele outro escuro, quando o gerador estoura e nós voltamos sozinhos para casa, em êxtase, sem nos importar com as enchentes.

8

Nosso segundo encontro foi num motel cujo nome não lembro. Ficava nos arredores da Praça da República, na região mortiça, perto de onde — no dia 12 de junho de 2017 — descobri que ela morava. A encantava o ar clandestino de me encontrar num motel como aquele, presumo que lhe fazia sentir-se em risco, mas mantinha rédeas curtas: se se dividisse, poderia assistir a si mesma da janela de seu apartamento.
A vida guarda cada vez menos surpresas para um homem condenado. Nos últimos anos, poderia resumir minhas experiências à sobreposição de imagens irmãs. O funcionamento do corpo é monótono. As cores clandestinas com que Lígia pintava aquele quarto eram o nevoeiro do cotidiano. Quantos lençóis de

poliéster não guardam os contornos do meu corpo motéis afora? De nada adianta acordar num susto dentro da madrugada, a respiração suspensa, e observar sua magreza no reflexo da janela salpicada pelas luzes de uma cidade estranha. Eu já deixei tudo que tinha pelo caminho, copos de conhaque, bitucas de Rothman's, unhas roídas, a poeira dos sapatos, imagens em espelhos e até meu próprio sangue. A *Olympus* vinha comigo para dizer que não me torno passivo diante da apropriação da vida em relação àquilo que é meu por direito. Se a vida e o tempo, ao contrário do que dizem, não me englobam, mas me esgotam, a fotografia era a vingança. Retirava pedaços, dos pedaços retirava significados, dos significados os significantes, e destes, enfim, efemeridade e eternidade a um só instante.

De modo que eu estava sentado na cama desse quarto de motel, quando Lígia ressurgiu, vinda da luz amarela do banheiro. Logo da primeira vez que a vi, percebi que não se aproximava por causa do meu trabalho, talvez nem soubesse direito o que eu fazia. A Lígia que me perscrutava o fazia por ambição e curiosidade, uma vontade de jogar comigo um jogo de palavras, toques, imagens. Se eu fosse incluí-la na galeria, seria pelas mesmas ambição e curiosidade, e quem sabe pelo desejo de vencê-la. Pode acontecer, às vezes, de numa cidade hostil como São Paulo, duas pessoas se esbarrarem e juntas observarem a fenda do cotidiano, o eixo de toda a metrópole, e não terem qualquer vontade de atravessar a arrebentação de uma convivência caótica, não se interessarem em logo conhecerem uma a outra para que possam estar juntas sem segredo, com *honestidade,* cheias de aborrecimentos, filhos e dívidas de todo o tipo; às vezes acontece das duas pessoas se excitarem com o afogamento, fazendo de tudo para desconhecerem-se o mais depressa possível, num ímpeto revolucionário que assume o amor como um fim e declara seu amor aos meios. Era essa a lógica que principiava instalar-se entre nós, e em todas as noites que se seguiram eu disfarçava o conflito que se armava nas áreas entre razão e irracionalidade porque, para resistir à força dos nossos encontros, era necessário firmar-se exatamente nessa dicotomia. Eu utilizava dos aparelhos conscientes para manter respirando o animal que farejava Lígia no mármore, nos cinzeiros, nos cinemas. Se entregasse todo o sentimento nas patas do animal, cujo órgão despido abre caminhos na mata e na chuva, encontraria apenas labirintos. Ou seja, sentado na janela de um ônibus direção-centro, no balcão de um bar, ou acendendo um cigarro antes de subir as escadas de veludo vermelho do Café-Teatro, eu era a tensão entre dois pontos inconciliáveis e interdependentes.

Mais tarde, naquele motel, a luz azul e suja do entardecer veio fazer coisas no corpo de Lígia. Ela estava ajoelhada na cama, os cabelos compridos lhe cobriam os seios, seu rosto nunca esteve tão branco — compensava a falta de lua —, e com as mãos juntava suas roupas, se preparando para partir. Todos os objetos se abasteciam de contrastes cianos e se podia ouvir escurecer sobre a cidade. Parecia que algo muito grande estava prestes a desaparecer. Sentei no chão, tirei a *Olympus* da bolsa e a enquadrei, com calma. Ao perceber minhas intenções, Lígia gritou e cobriu o rosto. Depois disso havia travesseiros e lençóis voando, eu deitado no chão, a *Olympus* tinha ido parar debaixo da cama, as cortinas esvoaçavam, e eu via Lígia saindo de cena, entristecida, dizendo que eu não podia fotografá-la. Não ainda.

9

Encontros em motéis foram se tornando uma constante entre nós. Eu voltava dos trabalhos para o centro junto com a noite e raramente passava em casa antes de encontrá-la. Numa única mensagem, Lígia se mapeava no futuro próximo, sempre de maneira incerta, e dizia que estaria me aguardando. Eu nunca a encontrava antes da meia-noite. Não sabia e não queria saber como seria uma Lígia varada pelo sol. Tão pálida, desapareceria. A mulher dos quartos de motéis e esquinas de cinemas era certamente uma outra daquela que tocava a vida no cotidiano. Quem Lígia poderia ser no dia a dia assustava um pouco, mas não foi o suficiente para me afastar da cidade já condenada pela bomba. Talvez ela visse em mim a possibilidade material dessa transformação. Uma testemunha, antes de tudo. Toda transformação é uma fuga. À Lígia que correspondia à realidade dos dias, restava deixar-se ver nas noites feito uma presença rajada entre as cortinas da mulher que ria em camas indiferentes, fumava imersa em banheiras, se demorava na janela e desaparecia pela manhã. O desconhecimento da vida de Lígia *do outro lado* me emprestava um pouco de paz, já que, para preservar sua intimidade — a parte pública —, ela também não buscava saber quais eram as minhas ocupações em sua ausência. Não que a descoberta fosse ser determinante para o juízo dela, talvez fosse até irrelevante, mas não importa, porque, apesar de ser um profissional, meus trabalhos traziam a rebote o medo de ser julgado por aqueles que não o compreendiam. Todo meu movimento pela cidade era consignado ao ofício. Dizem que as pessoas que trabalham em matadouros morrem mais cedo, por causa do cheiro da morte. Há uma relação aí: o homem que abate a besta acredita estar operando a serviço da sobrevivência da comunidade, o que não impede que surjam grupos para condená-lo, dizendo que é ele quem deve ser ceifado, e os dois estão certos e errados, diferentemente da besta, que é irracional e segue seu caminho. No fim do expediente, o homem que abate a besta segue para casa com o cheiro da morte impregnado nos dedos, nos cabelos, nas roupas, mas não apenas da morte que causou, como também daquela que o espreita. Era assim que eu me sentia em relação às coisas que via. Todos os gestos eram acompanhados por espectros. Mas, no meu caso, a relação era com pessoas que viam prazer justamente na ambiguidade, nas controvérsias que acessam suas essências, e em cada um dos numerosos trabalhos que realizei o que houve foi antes de tudo um pacto contra a ingenuidade do mundo perante a dimensão do seu desejo. No meio de todo esse rancor, que às vezes parecia competir no mesmo pé que a beleza, enfraquecendo-a, Lígia era um respiro, e embora nossas noites fossem as coisas mais caóticas que eu já tinha visto, sentia que, perto dela, eu deixava a cidade livre para dormir. Lígia foi o meu silêncio.

É engraçado pensar em como aquele garoto, fotógrafo ornitologista de primeira ordem, criado no interior entre pássaros, araucárias, quaresmeiras, lagartos e caramujos, agora só enxergava tranquilidade afundado numa das poltronas vermelhas do Café-Teatro com um cigarro se dissolvendo no pulmão, um copo de conhaque, assistindo à *Vibrations Sexuelles* pela sétima vez — uma das pérolas de Brigitte Lahaie, deusa pornográfica e minha redentora —, confundido entre pedreiros, agiotas, michês, empresários, taxistas, policiais, majores, debaixo de uma quietude suja, esperando a hora de sair às ruas e subir as escadas de um outro motel onde o esperam a incerteza e o milagre.

Algo que me causava receio era a ideia de encontrar Lígia ao acaso, durante o dia. Mesmo que naquela época eu não soubesse onde ela morava, eu vivia circulando por ali, à sombra do Teatro Municipal, no labirinto moribundo que é o centro histórico de São Paulo, antes de voltar para casa. Caminhava pelas ruas como um turista a fim de me livrar do tal cheiro da morte e temia encontrá-la no balcão de um café, a observar uma vitrina, afagar um gato, o que fosse. Nem sabia por que temia, mas vim a descobrir antes até de querer. Preferia mesmo pensar que, de tão branca, no sol Lígia desaparecia, e que a noite era a condição para a sua existência, o tecido que realçava seus contrastes e lhe permitia movimento. Mas que sol é este? Se em São Paulo as tardes vinham tão escuras quanto as noites, a fumaça no céu de setembro mais se parecia com milhares de corvos sobre a cabeça e a água caía preta na chuva? A qualquer hora do dia a palidez de Lígia se acenderia frente aos meus olhos. Era esse receio que arrastava nossos jogos para fora dos quartos de motel e instalava a presença dela debaixo do sono após o amanhecer.

Foto 3

Um homem se limita a si mesmo,
agora — ele fuma. Está só. As
luzes da cidade iluminam seu
rosto na escada. Quem era? Telefones, armas, animais, símbolos, sonhos, catedrais, quartos
vazios, o tédio, a droga, ontem
— então, silêncio — um homem
fumando sozinho na escada.

10

Meu pai é o sol: apaga as imagens das fotografias. Essas fotografias são minha mãe. Tanto nos álbuns de família quanto na lembrança a presença do velho ofusca a imagem da mulher magérrima e discreta de quem guardo que naquela época não soltava nunca os cabelos grisalhos, não ouvia música e, apesar de católica, nunca ia à igreja. Ou seja, nem fotografias ela era, mas negativos de fotografias. Um contrapeso à densidade de meu pai, que por mais pesada que fosse, estava sempre no ar, pairando sobre as nossas cabeças e as dos vizinhos. Algo que ele tivesse feito, algum julgamento que se formava sobre ele, essas coisas estavam sempre nas bocas de todos, logo fechadas quando seu carro aparecia na estrada de terra ladeada por pinheiros. À noite, sua voz era equivalente ao silêncio. Importava o dia no trabalho, as oscilações econômicas, as declarações polêmicas, a impaciência manifestada no revirar dos olhos amarelos e no ar que bufava das narinas. Deixando a louça para a esposa, se trancava no escritório que lhe servia de câmara escura e passava horas revelando fotografias e ouvindo Bill Evans. Seu isolamento se estendia até a hora em que minha mãe me recolheria ao quarto de dormir, se de lá eu saísse depois do pôr do sol. Porque apesar de passar os dias sujando os pés na lama, escalando árvores e caçando insetos, era só a noite se pronunciar no horizonte que eu corria para me abrigar nas luzes de casa. Depois do banho, ficava no quarto fazendo coisas que hoje nem imagino quais fossem.

    É provável que eu lesse livros, fizesse a lição, visse tevê, ou qualquer coisa que as crianças fazem, ou faziam, naquela época. Mas se fosse só me servir das recordações de agora, fui um menino sem nenhuma outra ocupação noturna a não ser ficar deitado na cama observando rachaduras e infiltrações no teto. Essas linhas escuras, meio azuladas por causa do mofo, se elevando em relação ao gesso, eram mapas de lugares desconhecidos, cartas de navegação, ou então esquemas hidráulicos. Acima de tudo, eram um Atlas particular onde em algum ponto, ou em vários pontos, se passavam os sonhos. Sim, talvez eu fizesse outras coisas, mas é nítido na memória o movimento das sombras nas rachaduras, sombras que indicavam o avanço da noite lá fora. Quando a penumbra se apossava de tudo, o piano de Evans silenciava no andar debaixo e eu ouvia minha mãe subindo as escadas. Uma coisa engraçada era que ela desrosqueava a lâmpada do soquete do meu abajur e a trancava numa gaveta da cozinha, garantindo assim a total impossibilidade de burlar a hora de dormir.

    Meu quarto tinha pouquíssimas coisas, creio que meus pais fizeram isso justamente para que eu não passasse tanto tempo lá. Um armário, uma cama, uma cadeira e uma escrivaninha eram tudo de que eu dispunha em um quarto construído respeitando as medidas das casas de campo europeias do século XVIII. Um quarto enorme onde abundava o vazio. Naquele tempo não havia iluminação na serra, então janelas eram equivalentes a paredes que emitissem vento. De olhos abertos no escuro, me enchia de tremores encarando o vazio, o quarto passaria as próximas horas suspenso no tempo e qualquer coisa poderia acontecer — àqueles instantes que precedem o alvorecer, estavam abolidas toda a racionalidade e física dos corpos. Eu não temia nada *especificamente*, nenhuma dessas histórias — tão abundantes no interior — que figuram nas rodas de fogueira e nos livros infantis. Não temia nada que pudesse surgir do vazio, mas o próprio vazio, e o encarava vibrando, a cada instante maior. Às vezes parecia vir se deitar na cama, mexer nos meus pés, respirar comigo. Sei que outras crianças, nessas ocasiões, prefeririam ir se deitar com os pais, mas a única coisa mais assustadora e imprevisível do que o vazio era aquilo que acontecia dentro do quarto de meus pais, que ficava logo em frente ao meu, separado apenas por um corredor que dava acesso à escada. Eu escutava o som do sexo e o som do sexo era o som do meu pai. Não só o som brusco da sua respiração, mas algo que até hoje não entendo muito bem e que devo à ignorância da época. Era um som de ancas espalmando, semelhante ao bater de asas de um pássaro, de fluidos derramados sobre óleo e chama, constante e grotesco. Várias vezes, envolto pelas sombras angulosas do corredor, ouvindo a este som, imaginei-o deitado sobre o corpo de minha mãe, derretendo, pegajoso, cobrindo-a por completo, como em um eclipse.

11

A esquina da rua Augusta com a Matias Aires. Era num boteco por ali onde eu ia aportar depois das sessões fotográficas que fazia sozinho nos sábados frios. Porque, contrariando as expectativas e as chapas amarelecidas da infância, eu não tinha abandonado por completo o cargo de fotógrafo ornitologista. É claro que muita da força de vontade se perdeu junto com imagens que falhei em registrar, e essa obsessão foi se desmembrando nos braços das estradas que passei, mas nada disso me impedia de acordar numa manhã de inverno, vestir o sobretudo e sair rumo à Praça da República ou ao Parque Trianon, onde pombas e idosos vivem um acordo de companheirismo mútuo — ou melhor, de parasitismo, embora seja difícil precisar quem é o parasita. Saía com a *Olympus 35* à tiracolo e um saco de pães brancos debaixo do braço e ia me instalar em algum dos bancos das praças. Ali, passava um bom tempo despedaçando os pães com as mãos e jogando aos pombos. Velhos e velhas olhavam com hostilidade, certamente ali não era o meu lugar. Tudo bem, a hostilidade deles se equilibrava com a boa recepção dos pássaros. Quando conseguia uma quantidade considerável de pombas eu levantava num salto, o sapato estalando na pedra, os braços batendo no corpo — como se eu mesmo pretendesse voar —, a boca emitindo um *u* tremulante, e os espantava num farfalhar de asas rumo ao céu ou ao fio de tensão mais próximo. Esse voo assustado era o que eu fotografava. Formada a nuvem de pássaros, sacava a *Olympus* e batia uma foto. Já fazia isso há algum tempo e reunia essas fotos em pastas pretas que guardava debaixo do colchão. Não eram nada, só a auto-obrigação de treinar o tempo, o olhar e a repetição na fotografia. Acho que Lígia foi a única pessoa que viu essas fotos antes que fossem destruídas.

Depois dessa preza com as pombas, lá pelo meio dia, eu levantava e ia caminhando até a esquina da Augusta com a Matias Aires, onde no geral bebia cerveja e uma dose de cachaça antes do almoço. Foi justamente nesse boteco, numa tarde, que encontrei Nara por acaso. Era a primeira vez que eu a via desde a noite dos animais. Ela passou pela mesa na calçada e logo já estava sentada falando, gesticulando e bebendo comigo, como se não fosse ela, ou melhor, a imagem dela amarrada, que inflamava ansiedades nas noites solitárias do apartamento. Sorria como sempre.

No meio da conversa ela tirou o celular da bolsa e me mostrou a foto. Pelo que lembro tive uma queda de pressão. Segurei o celular e reencontrei a imagem que teve sua gênese em minha sombra. Era o equivalente a olhar no espelho e se deparar com o demônio. A foto era a mesma, mas com algum elemento ainda mais sombrio, mais solitário: as pernas abertas em duas pirâmides brancas, a litografia sinistra com dois olhos no escuro, os pulsos amarrados, a mordaça saltando aos lábios, tudo ganhava contornos que me escaparam à hora e que, no entanto, luziam, obscurecidos pela aguardente, mais do que qualquer outra coisa. O desejo e a culpa colidiram. Nara sorria. Não sei o que esperava. Fingi indiferença e devolvi o celular, dizendo que tinha sido uma boa noite e etc. Ela concordou e eu esperava que aquela conversa morresse ali mesmo — mas não, foi a insistência de Nara que me levou a encontrar o ofício que melhor vestiu minha história.

Na hora, por não ter nenhum contato com referências, por não conhecer ainda a técnica milenar do *shibari* que, mesmo sendo diversa do trabalho que fui desenvolvendo, acabou me encantando, e por ter uma relação com o sexo e com o desejo que não se estendia para muito além de noites bêbadas e filmes vintages do Café-Teatro, nem se diferenciava tanto dos julgamentos que depois vim a temer, fiquei assustado.

Tenho uma amiga que quer te conhecer, ouvi.

Mostrei a foto e ela ficou curiosa com a coisa toda. Falou que sempre teve essa vontade, mas tem vergonha de pedir para os namorados dela, e perguntou se você não faria. Mediante pagamento, inclusive.

Mediante pagamento?

Nara continuou: vai ter uma festa na casa dela essa noite, por que você não vem junto? Assim vocês se conhecem.

Só me passavam males pela cabeça. A cachaça não era o suficiente, as unhas batucavam na borda do copo, os olhos iam se perder nos passantes, querendo seguir com eles. Outra revoada de pombas, perfeitamente fotografável, me circulou a cabeça e foi se empoleirar num prédio antigo. O convite de Nara era o alongamento tardio das sombras que me habitavam. Tudo perdeu leveza, o convite era esse: você pode ser pago para amarrar uma mulher? Nara me olhava. As pombas me olhavam. Os passantes me olhavam. As marcas do copo na mesa me olhavam. O chapeiro do boteco me olhava. As sombras me olhavam.

    E eu disse sim, é claro, por que não?

12

Depois da morte de meu pai, minha mãe vendeu o terreno da casa onde vivíamos e de mãos dadas comigo, então com treze anos, veio a São Paulo para morar no bairro do Bom Retiro, onde conheceu e se casou com Jacques, um advogado suíço-brasileiro que não poderia ser mais diferente de seu marido anterior. O Bom Retiro foi o palco das transformações e das descobertas da puberdade. Depois da aula, vagava pelas ruas de bicicleta, parando às vezes num bar ou num café para experimentar a primeira cerveja, fumar o primeiro cigarro e ficar meio chapado com a queda da pressão, enquanto a imagem de meu pai ia se dissipando e ao mesmo tempo se integrando a todas as experiências. Por conta de sua natureza distante, nunca desenvolvemos uma relação pautada no afeto, e quando vim para São Paulo, via sua ausência como algo positivo, uma vez que após sua morte minha mãe se transformou, passando de uma mulher triste, solitária e comedida, cuja voz ressoava feito músicas num vinil girando apenas com o dedo, desligado da tomada, para uma mulher de cabelos longos e soltos, que usava calças de linho e bebia doses de licor todos os dias à mesa, naquele tempo em que na janela não havia mais vento e escuridão, ou a promessa de grutas perdidas na distância, e sim colunas de luzes vibrantes, gente reunida frente a cinemas e bares, e a certeza de que um dia a paisagem também nos engoliria.

Jacques era advogado trabalhista, tinha um filho que morava com a mãe em algum ponto do mapa da Europa e, em suas horas livres, gostava de atirar e ler. Numa tentativa de se aproximar e firmar o lugar de padrasto, me chamava para acompanhá-lo em ambas as atividades. Não sei qual das duas era pior. Na nova casa havia uma biblioteca-escritório habitada por cânones e livros com brochura de couro e douração que mofavam nas prateleiras mais altas. Quando Jacques me deixava lá com alguma de suas indicações literárias — coisas como Goethe, Kafka, Olavo Bilac —, não bastava meia hora para que eu saísse pela janela, montasse na Caloi vermelha e fosse pedalando rumo à Praça da Amizade, onde não havia amigos, mas era onde eu comia hot-dogs, bebia refrigerante e manchava o destino de Werther com ketchup ou o quartinho de Gregor Samsa com suco de maçã.

Perdia diversos dos livros que Jacques emprestava, ou então os devolvia desengonçados e banguelas, o que o deixava irado. Mas, como sabemos, bronca de padrasto não dá nada. A única vez que me perturbou foi numa tarde de chuva em que eu procurava por alguma informação sobre alguma coisa para algum trabalho do colégio e ele tirou da estante uma antologia de autores suíços, abrindo em uma página com a foto de Robert

Walser, aquela em que ele aparece jovem com um olhar entre o vago e o perplexo, e dizendo que eu me parecia com o sujeito. Que talvez ficasse ainda mais parecido com o passar dos anos. Minha mãe, que lia no divã debaixo da janela, ao ver a foto, riu e concordou com ele. Apesar do tom bem-humorado e de uma pontada de orgulho, o comentário de Jacques me ofendeu. O pior de tudo é que tinha razão.

No meu aniversário de dezesseis anos, me levou para testemunhar sua segunda obsessão num *stand* de tiro que existe até hoje no Anhangabaú, no subsolo de um edifício moribundo, próximo de onde moro. Por ser menor de idade, os donos do negócio não me deixaram segurar uma arma, o que Jacques reprovou, dizendo que o Brasil era um país triste e moralista, e que a caça era uma tradição muito bonita — mesmo que aquele porão malcheiroso do centro da cidade não fosse exatamente habitado por lebres e preás, mas por figuras humanas desenhadas em placas brancas com um alvo no meio, penduradas em cordas que por um sistema de roldanas as traziam, após os disparos, para que se conferisse o tamanho do estrago —, e teve que se contentar em atirar enquanto eu o assistia. Achei o passatempo péssimo, e a partir desse dia comecei a considerar Jacques um estúpido.

Alguns anos depois, quando eu já ensaiava pular para fora do ninho, Jacques morreu, vítima de um coração manco. Nova mudança. Ajudei minha mãe no seu segundo luto enquanto as alianças se acumulavam no dedo e os retratos aumentavam de número nas paredes.

Habitando sozinha uma casa pequena na cidade de Socorro, a trezentos quilômetros de onde nasci e observei infiltrações, ela se transformou pela terceira vez, mergulhando num estado de espírito que é a mistura exata dos dois anteriores. Voltou a ser quieta, mas agora existe um gesto de eloquência em seu silêncio. Não recebe visitas, não ouve música, não lê, o que a princípio lhe devolve à vida de negativas, porém está sempre cuidando das plantas que se espalham de forma selvagem pelo quintal, e tecendo intermináveis diálogos com elas, sobre a morte e a felicidade. Hoje sei que minha mãe foi feliz ao lado de Jacques. Na parede dos retratos, há a foto que ela bateu de nós dois na tarde em que fomos atirar. Apareço com o ar cansado, um jovem magrelo de jaqueta jeans e mãos no bolso, e Jacques segura uma espingarda 45 mm e olha para a objetiva com a cabeça inclinada para trás, como se fosse um caçador do século XIX. Insisti um tempo, já adulto, que minha mãe me desse essa foto, porque via nela um componente cômico, mas ela nunca cedeu, de modo que deixei de tentar. Acho que ela gosta de imaginar que com aquela arma ele matou meu pai, a mulher que ela foi, e que de algum modo ele estava ali para me proteger das agruras da vida, o que não pôde fazer. Mas não o culpo. Ninguém poderia ter evitado o que aconteceu.

No fim das contas, é bom que ela não tenha me dado a foto. Eu certamente a teria guardado na caixa vermelha com detalhes azulados, portanto estaria perdida para sempre, e não cercada de outros registros dos tempos que vão se sobrepondo, num processo de sedimentação, e nos olhando do fundo de uma parede, feito infiltrações, eternizados, sem trégua.

13

O nome era Cléo, a amiga de Nara, e foi ela que se desdobrou num sem fim de escadas, viagens, quartos escuros e outros lugares onde com a câmera registrei o desejo e, algumas vezes, a solidão, fazendo-os de objeto de estudo e trabalho, deixando muito em cada quarto de motel que estive.

Encontrei Nara na Estação República às onze horas da noite do mesmo sábado em que fui fotografar pombas pela manhã e pela tarde me assustei com um demônio refletido na tela de seu celular. Se fazia frio quando comprei o pacote de pães brancos com que alimentei os pássaros, ao decorrer das horas a temperatura caía, e parado na escadaria do metrô era quase impossível tirar o maço de Rothman's e manter a chama do isqueiro acesa por muito tempo. Nara estava atrasada e a cada novo cigarro aceso aparecia alguém do fundo da praça para pedir outro. A noite mal havia começado e o maço já ia quase pela metade. Por sorte trazia no bolso do casaco o cantil que comprei com esses caras que passam de mesa em mesa vendendo isqueiros, sedas, cantis e relógios, tudo disposto numa maleta forrada de veludo, como mascates boêmios — e estava cheio de conhaque.

Não me sentia confortável. Nem só pelo frio. Cada movimento do ponteiro dos minutos equivalia a uma tonelada de areia na ampulheta do arrependimento. O motivo de eu estar ali não era ainda muito claro; o que esperava? Talvez alcançar um olhar derradeiro sobre a foto que tirei de Nara, talvez fugir, agarrando-me ao primeiro convite que aparecesse, como tantas vezes já tinha feito. Só sei que não pretendia dar continuidade a nada, e foi o que aconteceu no instante em que vi Nara surgir no túnel como a resposta incompreensível de uma pergunta igualmente confusa.

O amarelo que irradiava dos ladrilhos das paredes da estação deixava mais branca sua camisa social e mais negra sua franja, causando um efeito de contraste que parecia destacá-la da realidade para depois posicioná-la exatamente onde estava no segundo anterior. Eu a via, e algo de errado a deixava bela. O excêntrico sorriso mexicano movia-se entre as luzes feito uma navalha. Saímos para a noite ao som das músicas estourando nos botecos e das risadas dos bêbados, meio abafadas pelo compasso dos ventos frios e do tráfego intenso na Avenida Ipiranga.

De resto, não lembro muito da festa. Há um elevador pantográfico. Há um ruído de vidro de milhares de garrafas. Há uma varanda com vista para o centro. Se tem algo de vivo na memória desta primeira noite no apartamento de Cléo é uma luz azul suspensa no breu. Não sei o que é; pode ser a lâmpada de um cômodo cuja distância foi alongada pelo álcool, ou quem sabe a estrela polar perdida sobre a cidade. Seja o que for, é só do que lembro.

A única coisa certa é que duas noites depois lá estava eu novamente, dessa vez sozinho, com a correia do case da *Olympus 35* atravessada no peito e um gosto amargo na boca. Alcatrão e incoerência. Cléo me recebeu sem entusiasmo, incumbindo à visita a função de fechar a porta enquanto desaparecia num corredor escuro sem antes dar aquela piscada de quem diz "não saia daí", deixando-me na sala que se não fossem pelas luzes da rua estaria absolutamente apagada. Era difícil discernir o que quer que fosse, tudo estava coberto por malhas de trevas e clarões súbitos. As poucas áreas iluminadas serviam de álibi para algo que se desenrolava nas extremidades cavernosas do apartamento. Por um segundo, tive a sensação de estar sendo observado. Nervoso, caminhei até a janela, onde um par de cortinas brancas enlouqueciam ao vento, e a fechei. Ensaiei muitas possibilidades de fuga, chegando até a reunir força de vontade para empregá-las, quando a mão surgiu do escuro e se enrolou em meu braço. A mão de Cléo.

A princípio não entendi de onde vinha, já que havia aparecido do lado oeste do apartamento depois de ter sumido pelo lado sul, e só mesmo arrastado por ela pelo caminho que fizera pude compreender que quase todos os cômodos eram interligados, serpenteando o grande cômodo que era aquela sala sombria. Cléo não nos levou a um quarto. Quero dizer, não era um quarto onde geralmente dormimos, com uma cama forrada por lençóis e cobertores, encabeçada por travesseiros ou almofadas, onde ao lado há uma mesa de cabeceira e mais adiante um armário com as nossas roupas e nossos segredos; não era o tipo de quarto em que há caixinhas guardando coisas inúteis e belas, nem no qual nos trazem ensopado quando estamos doentes. O quarto para onde Cléo me levou mais se parecia com uma cela, nessas em que dormem monges ou freiras. Uma cela tocada pela profanação, é claro, porque num canto havia um bar improvisado e atarraxada no teto uma lâmpada vermelha e fraca ensanguentava tudo. Sem perder tempo com explicações, ela foi logo abrindo o armário embutido na parede que me escapara em primeira análise, e mostrou, entre tímida e orgulhosa, seu arsenal de cordas e brinquedos eróticos. Quem quiser saber o que aconteceu, recomendo que procure nos dicionários sexuais o verbete *bondage*. A parte prática não importa aqui. Trato, sobretudo, da teoria estética deste ofício, uma teoria que passou a permear todos os cantos da vida, me empurrando por um caminho onde eu era quase testemunha dos meus próprios atos, que por sua vez eram impulsionados pela força imperativa de um desejo que existia por baixo do tecido da sociedade, sequioso de alguém que o registrasse. Hoje vejo com clareza: se fiz tudo que fiz foi porque alguém precisava fazê-lo. A função foi passada a mim, e penso que, apesar de tudo, vi nessa vida a parcela de beleza que me cabia.

Vendo a nova forma que se inaugurava na cela profana, tão mais sofisticada que a fotografia essencial — a foto de Nara —, fui jogado na elipse vertiginosa que não conhece finais, felizes ou infelizes. Era o fogo suspenso sobre as velas da infância. Era a expressão indiferente dos santos de gesso nos oratórios de meus avós. Era o cheiro que subia da carne queimada dos caramujos. Uma revoada de pássaros que levanta voo no meio da tarde. A humanidade se resolvendo em um segundo e por um segundo apenas, num quarto vermelho e silencioso na maior cidade da América do Sul, encontrando a flexão que relaxa seus alicerces na figura de uma mulher amarrada sendo fotografada por desejo expresso, como meio de saciar o desconhecido que ruge em suas entranhas.

14

Lígia tinha outros homens. Isso não me incomodava. Para ser franco, ficava satisfeito que ela me tratasse como uma aparição esporádica. Gostava desse lugar de ocorrência noturna, refratário de prazer que, uma vez usado, pode ser devolvido para a manhã, da mesma forma como devolvemos uma concha ao mar. Eu sabia de seus outros casos porque estavam inscritos na sua pele, assim como inscritos estavam os mapas de lugares inacessíveis no teto da infância. Lígia era de uma palidez sólida, e bastava ficar encostada por um tempo a uma quina de parede, digamos, para que um veio roxo a marcasse debaixo da blusa. Imagine então o que faziam dentes, unhas, beliscões e outras dessas coisas que habitam a fronteira entre o carinho e a violência. Eu mesmo tive uma parcela na cartografia de Lígia, pelas suas coxas e seus braços havia frutos dos nossos embates, assim como, por baixo dos pelos escuros dos meus braços, em diversos pontos, estava constelada sua arcada dentária. As aventuras de Lígia, todavia, não estavam marcadas em relevo apenas na sua pele, mas no funcionamento de todo o seu corpo. Se ficávamos mais de uma semana sem nos ver, bastava subir as escadas do motel da vez, nos desvencilharmos das nossas roupas, nos atracarmos, eu a deslizar a mão para perto de sua buceta, para que o eco de todas as fodas anteriores àquela reverberasse em seus trejeitos, seus ataques. Sempre algo novo, a herança de alguém. Eu não poderia saber qual era a minha herança nessa história (a assinatura estava na raiz de meu trabalho, que teve início com Nara), isto é, em como Lígia utilizava das nossas noites para guiar-se por outras. E mais ainda, não poderia saber qual era a herança de Lígia, caso eu fosse diluí-la em outros corpos. Porque, no que me dizia respeito, não tinha nenhum interesse por outra pessoa.

Naquela época as mulheres da minha vida eram, nessa ordem, Brigitte Lahaie, Virginia Spelvin, duas efígies da pornografia retrô, musas supremas dos homens condenados, que através das telas de cinemas esquecidos continuam acendendo lanternas nos labirintos dos pesadelos e sendo o bom hálito da boca do lixo, e lá na base da pirâmide, embora com a grande vantagem de ser a única mulher real, estava Lígia com seus 1,68m, 46kg e cabelos negros.

Todas as outras me procuravam para acessar as zonas mais pantanosas das suas fantasias, cedendo para isso a chave de seus segredos e o passe livre para atravessar fronteiras. De modo que confiavam no meu profissionalismo. E estavam certas por isso; eu não sentia desejo ou atração por nenhuma delas. Quando as via, naquele ponto da profissão em que em tudo é exaltado a insensatez ao mesmo tempo em que reina um silêncio de apartamento, meu interesse era na imagem formada a partir daquele encontro que nunca mais se repetiria. Ficava tão perplexo diante da criação que me sentia suspenso sobre as tendências humanas do desejo e do tesão. Ver a cena se gerando diante de mim como em um caleidoscópio era o suficiente para me saciar e me manter em movimento.

Quando tudo acabava, o dinheiro já escondido entre a sola do pé direito e a palmilha do sapato e as moças com o rolo de filme devidamente guardado, eu descia as escadas num pulo e ia me refugiar num bar ou entre as poltronas do Café-Teatro, o que, conforme já foi dito, é muito mais exato.

15

Acredito que aqui caiba uma pequena nota sobre Nara, para que ao final desse relato a presença dela não acabe se limitando à função de agente, uma figura circunstancial que dá continuidade e fluência ao enredo, despida de traços humanos. Não a conheci na noite em que tirei a foto com seu celular. Digamos que nos conhecemos muito antes, na Praça da Liberdade, porque era numa lojinha que ficava dentro de uma galeria por ali que eu mandava revelar fotos, e onde existia uma das últimas vídeo-locadoras da cidade, cuja única funcionária era exatamente Nara, esta jovem de traços mexicanos, cabelo mais ou menos curto, assim como ela própria era mais ou menos baixa, e com madeixas de quem esconde uma grande força. Como as fotos demoravam de duas a três horas para ficarem prontas, quando eu não ia a um bar numa ruela escondida, negócio de um velhinho que não falava uma palavra de português e vendia amendoins fritos com peixinhos minúsculos e pinga chinesa, costumava matar o tempo entre as prateleiras da locadora.

Não ia à sessão de filmes pornô, primeiro porque as idas ao Café-Teatro (que, diga-se, eram muito mais raras nesse tempo do que vieram a ser mais tarde) já supriam essa necessidade, que não era de maneira nenhuma sexual, antes formal; depois, porque a curadoria de filmes por lá chegava a ser ofensiva perto dos filmes de Lahaie e Spelvin. Por último, a funcionária era mulher, e mesmo que ela passasse todo o tempo colada à tela do computador, seria embaraçoso, e creio que até desrespeitoso sequer passar os olhos pela tal sessão adulta.

Nunca tive um leitor de DVD, talvez porque desde que ganhei a *Olympus 35*, há tantos anos, sempre lidei melhor com equipamentos analógicos; e também porque minha mãe me deu, na época da morte de Jacques, o aparelho VHS que tinha pertencido a ele, bem como algumas fitas, já que ela não ligava para cinema, o que me fazia ter particular interesse na locadora onde Nara trabalhava, uma vez que no andar de cima havia mais de uma dezena de estantes lotadas por fitas que há algum tempo não viam a luz do sol nem seriam alugadas tão cedo. Na nossa primeira troca de palavras, ela disse que era só uma questão de dias até as fitas serem retiradas dali para o lixão, confidenciando-me que poderia vender cada uma por menos de dois reais. E alugar? — perguntei. Ela riu e respondeu que ficaria algo em torno de quarenta centavos.

O que aconteceu é que eu realmente aluguei alguns filmes, cujos títulos já foram carcomidos pelo tempo. Lembro de um: *Taxi Driver*. Só esse. Depois fui viajar, ignorando que o prazo de devolução era de uma semana. Passei dois meses fora fazendo coisas tão pouco honrosas quanto inúteis de serem lembradas. O fato é que quando retornei, ao deixar a mala sobre o colchão, vi o pequeno montinho de fitas e considerei que, afinal, a multa não seria tão grave.

No dia seguinte, aproveitando que precisava revelar as fotos da viagem, apareci na locadora na primeira hora da tarde, com a sacola embaixo do braço. Nara ainda trabalhava lá e fez uma expressão engraçada ao me ver, como se eu tivesse ficado fora da cidade durante anos. Quando pus os filmes no balcão, ela teve um ataque de riso, atraindo a atenção dos poucos outros clientes, e só depois de um minuto conseguiu dizer que todas as fitas tinham saído do andar de cima no mês anterior, que mesmo o sistema havia sido atualizado, e era como se as que eu trazia nem existissem mais. Bem — falei —, quero devolvê-las mesmo assim. Antes que ela pudesse estipular o preço, interpelei-a e perguntei se uma cerveja saldaria a dívida. Como uma jogadora habilidosa de badminton, Nara rebateu que talvez uma não fosse o suficiente, mas que a partir da segunda poderíamos começar a conversar.

E nessa mesma tarde fomos almoçar juntos, não na bodega chinesa, mas no complexo de bares na Praça da Liberdade que fica logo em frente ao metrô, o que faz com que o ar adquira textura curiosa, misturando o vapor subterrâneo das chaminés da estação aos odores que temperam o peixe e o macarrão frito — sem falar no cheiro quase imperceptível de velas, defumadores e incensos que queimam ao lado, na loja de artigos religiosos e na Igreja Santa Cruz das Almas dos Enforcados. Descobri que seu sobrenome era Sánchez (o significado latino aponta para algo como "filho do sagrado" ou "filho do santo"), e acabei fazendo uma amiga, ou uma quase-amiga, porque não sou um sujeito de ter amigos, mas conheci sem dúvidas alguém cuja presença vinha a me acalmar e, no meio da loucura das noites, nos situar em um território conhecido e amistoso. Acho que a isso chamam amizade. O fato de ela ter sido a modelo da foto que originou o conflito é mera causalidade. Não atribuo a ela a culpa pelo que aconteceu, nem guardo nenhum rancor, mesmo não sabendo onde ela está e me acostumando à ideia de que talvez eu nunca mais a veja, o que pode ser bom, porque prefiro conservar assim a memória de Nara: uma mulher sorridente. E ela dificilmente sorriria face ao aspecto grotesco desta tragédia.

Foto 4

A luz na janela sugere uma cidade azulada — talvez fruto tardio de um prolongado alvorecer. Pelas paredes, as sombras formam montes e rostos, além de determinados pontos da sala ocupados por triângulos que projetam os postes em contraste com a janela semiaberta. Há quanto tempo?

16

Agora acabou tudo. A fratura no nariz, além de ter desfigurado o rosto de uma maneira tão irreversível quanto não suficiente para ter que procurar outro trabalho, mesmo abalada a demanda, me fez perder o olfato. É natural que o pino metálico na perna direita tenha extinguido o hábito das caminhadas. Usei bengala por cerca de três meses, e ainda agora ando com a velocidade muito reduzida, me apoiando em postes, banquetas, lixeiras, e perdendo o fôlego a cada dois ou três metros vencidos. A respiração também foi prejudicada pela costela que, partida, e pela força do baque, veio rasgar o tecido do pulmão e polvilhar de farelo de osso seu interior, os alvéolos e a superfície de outros órgãos internos. Foi essa ferida que mais preocupou os médicos e que, segundo me informaram mais tarde, os deixou quase sem esperança diante da carcaça mutilada na maca, perdendo sangue. Foi um milagre, afirmou um deles, que eu tenha sobrevivido. Nesses casos, é sempre o mesmo papo: um minuto a mais teria sido fatal. Os outros ferimentos, menos graves, provocaram imensa dor e são a razão desta farmácia que agora levo à tiracolo quando saio, no lugar da *Olympus 35*, que por sua vez virou um belo de um pedaço de lixo. Perda total. Oito dentes quebrados, dois dedos prensados na mão esquerda — o anular e o médio, o que dificulta ainda mais a fotografia —, a base da língua queimada, dezenas de vergões e hematomas pela lombar e perda parcial da audição por conta do sangue coagulado nos caminhos do labirinto.

A cicatriz da cirurgia para resolver a costela quebrada, esta que se estende da virilha quase até a axila, e que ainda não sarou por inteiro, parecendo-se com mofo de infiltrações nas paredes, preta, coberta de crosta e malcheirosa, requer uma constante renovação de curativos e tem o formato de uma cobra dentro da água. Do procedimento cirúrgico em si, não lembro de nada. Talvez a dor, comprimindo o espaço, e o movimento da maca pelo corredor, como se fosse isso a morte, um movimento horizontal e iluminado cheio de vozes e palpitações.

Quando retorno àquela noite, é do caminho até o hospital que me lembro. Deitado no banco de trás de um táxi, envolto pelo delírio da dor e da febre, tive certeza de que iria morrer. A sensação de se afogar no seco, causada pela ferida no pulmão, se somava ao pavor de mexer as mãos e perceber que aquilo era o meu sangue, que eu estava imerso numa banheira da substância de que sou feito, enquanto a cidade, suas cores, suas luzes, cartazes, e sobretudo o seu céu, uma vez que eu estava deitado, me acompanhava nessa vertigem. A janela do táxi era o visor de uma câmera lançada num buraco negro. É o fim, pensava eu, é o fim, e a loucura era tanta, o sangue era tanto, que alcancei um ponto de lucidez absoluta. Nunca mais sentarei num banco de praça para alimentar pombos. Nunca mais conhecerei cidades. Vi a minha imagem se desprendendo aos poucos de todos os lugares onde já estive. Na escada de veludo vermelho do Café-Teatro, na poltrona do corredor. Nos bares, nos apartamentos. Nos motéis, nos ônibus. Em tudo reinava o silêncio. Eu desapareceria, o mundo continuaria existindo em sua rotação, e estava tudo bem. Não faria falta alguma. Apesar do ódio, do medo, e de não compreender o que tinha acontecido, o que mais me causava tristeza no leito móvel de minha quase morte, o que mais retornava naquele céu absurdo como última possibilidade de redenção, era a imagem de Lígia. Os seus olhos, seios e dentes. Seus dedos, marcas e gestos. O cigarro, o casaco, o sapato. O mosaico de Lígia foi a última coisa que vi antes de desmaiar.

17

Tinha acabado de chegar de uma breve viagem ao interior de São Paulo, onde havia realizado três ou quatro fotografias mais ou menos ambiciosas à beira de um rio seco. Dormi a maior parte do trajeto, e quando hoje lembro dessa tarde que passei em movimento, numa espécie de traslado inverso, penso que tive sonhos premonitórios.

Raramente passava em casa antes de encontrar Lígia, mas o calor tinha se introduzido por dentro da camisa, fazendo-a obter um aspecto embolorado, além da fedentina. Passaria em casa, deixaria a mala, tomaria um banho, mataria tempo vendo um par de filmes no Café-Teatro e depois encontraria Lígia em seu apartamento. Estiquei as pernas no ônibus que se encontrava vazio e observei o movimento da rodovia, deixada para trás em alta velocidade. Me sentia bem pela primeira vez em muitos anos, e talvez isso tenha sido uma das chaves para abrir a porta do inferno.

Era setembro, fim de tarde, fazia frio e o céu se enchia de cobalto, anunciando uma noite de ventos frios, quando subi as escadas para o meu apartamento. Da janela da sala, conseguia ver o Largo do Arouche se vestindo de mesas e cadeiras plásticas para receber jovens e bebuns, e lá do asfalto subiam os ruídos inconfundíveis da sexta-feira no centro de São Paulo: jukeboxes, tráfego, risadas e gritos, enfim, o som da vida em um de seus estados mais despropositados. O som do caos fantasiado do som que antecede o descanso.

Agora, tento reconstituir com detalhes todos os movimentos que fiz em meu apartamento antes da desgraça vir buscar o que lhe pertencia. Demorou para que esse momento retornasse com clareza à memória, como se tudo, desde deixar as malas ao pé da cama e apoiar o case da *Olympus* sobre a cômoda, até me espreguiçar e acender um cigarro, tivesse se esvaído junto ao sangue que tingiu o assoalho aquela noite. Por me sentir bem, resolvi ligar a vitrola portátil e ouvir um pouco de música durante o banho — não era um apartamento dos maiores —, e para isso selecionei um velho disco de meu pai: *Bill Evans Solo Sessions*. Apesar de portátil, o toca-discos tinha um volume até surpreendente, uma dessas iguarias que só mesmo os anos setenta para entregar, num misto de brinquedo com armamento de guerra. Deixei o volume no máximo e fui ao banheiro. Girei o registro. O jazz alucinante de Evans preenchia o espaço, eu não conseguia ouvir nem a água caindo, imagine meus pensamentos.

O espancamento levou parte da minha audição, e é irônico que a música tenha me impedido de escutar a algazarra no hall do edifício, as botas estalando nos degraus e os murros na porta. Não que faria alguma diferença se eu tivesse ouvido. O que eu teria feito? Não guardava um revólver no apartamento, nem tinha uma rota de fuga previamente traçada. Talvez tivesse me preparado, agarrado uma faca na gaveta, ou escondido a câmera e outros objetos de valor. De todo modo, é inútil considerar o que não aconteceu. Os acontecimentos concretos são o que contam em casos como esse, e não faz sentido arrepender-me por algo de que não me julgo culpado. O que aconteceu, de fato, está registrado no processo que movi contra os agressores, mas que pela influência daquele que encabeçava a operação nas delegacias e tribunais do Estado, rendeu dinheiro suficiente apenas para pagar a cirurgia e a primeira parte dos tratamentos. Sendo assim, ouvir, só ouvi mesmo quando a porta abriu, colidindo com força contra a parede e produzindo o ruído metálico do trinco se rachando. João Carlos Schmied e seus homens me encontraram nu e assustado no chuveiro, e nem tive tempo de perguntar que porra era aquela, confuso que estava, e a resposta veio antes: um soco no nariz que me derrubou, me lançando contra o boxe, cujas hastes metálicas cortaram meu supercílio.

João Carlos Schmied, o noivo de Lígia.

18

Neto de alemães radicados no Brasil, montando família no Rio Grande do Sul, João Carlos Schmied mudou-se com dezenove anos para São Paulo a fim de tornar-se policial militar, encantado com a própria estupidez, que o revelava um espírito nato de "justiceiro". Sofreu humilhações, foi preso e tomou muito cuspe na cara antes de poder exercer seu sonho, e quando finalmente se viu nas ruas com um colete à prova de balas e uma pistola automática presa na cintura, cortando faróis fechados e andando na contramão, não tardou a exercer sua natureza, e passou a apavorar moradores de rua, moleques que fumavam maconha nas pracinhas, prostitutas e outras pessoas que a última coisa que precisavam era de um policial metido a besta importunando suas vidas. Recebeu ameaças de morte e gostou daquilo. Diferentemente de seus parceiros, que ocupavam o banco do passageiro, Schmied sempre se recusou a entrar nos acordos que, de maneira geral, sustentam a ideia de paz que vemos pelas ruas. Não era subornado, não era aliciado. Era a expressão genuína da corporação, e dava corpo à truculência do Estado, protegendo-a com dentes e unhas. Essa obsessão toda com a morte e a estupidez agradou seus superiores, que o promoveram a major com apenas vinte e seis anos de idade. Ganhando bem, um pouco menos humilhado e uma vez saciada parcialmente sua sede por sangue, que ele insistia em chamar de justiça, resolveu preencher o vazio emocional que principiava em seu peito. Nesse processo, conheceu Lígia. E como qualquer homem louco, se apaixonou por ela.

Aconteceu no inverno de 2016, isto é, um ano antes de eu subir para o apartamento dela pela primeira vez. Talvez alguém se lembre do quanto o frio da estação foi especialmente pernicioso naquele ano. As perturbações políticas tomavam conta de tudo e eu basicamente trabalhava, fumava, bebia e enlouquecia. Enquanto isso, Schmied se encantava pelos mesmos cabelos e mesmos olhos que vieram a me desestabilizar depois, o que hoje me faz refletir sobre a natureza das grandes belezas — coisas como a aurora boreal, a lua cheia sobre as cordilheiras ou a mão da pessoa amada procurando por cigarros na escuridão —, em como algo, pela força que emana de sua forma, pode magnetizar os olhares e despertar os sentimentos mais ternos em pessoas tão diferentes.

O grande *tour* dos quartos de motéis com um desconhecido, no caso eu mesmo, que depois se desenvolveria para receber-me em seu apartamento, já denunciava a predileção de Lígia por situações incertas e perigosas, mas antes da noite de meu espancamento eu não imaginava quão fundo esse gosto poderia ser. A Lígia que conheci, aquela Lígia composta por zínias secas, noites melancólicas e belas, garrafões de vinho e velas coloridas, que em todos os atos recendia a doçura e mistério, parecia incompatível com o brutamontes que invadiu meu apartamento e destruiu todas as minhas coisas. Sem piedade, determinado a me matar. Mas é assim que as coisas são. O amor precisa só de uma brecha no asfalto para fazer florescer margaridas. Ou ervas daninhas. Então Schmied estava parado no balcão de um boteco, fora de serviço, em frente a um cinema na rua Augusta, tomando uma dose de Domecq e tentando não congelar dentro do sobretudo, quando viu Lígia atravessar correndo a rua, provocando buzinas e freadas, com a bolsa de pano marrom cruzada no colo, entrar no mesmo boteco, apoiar-se no balcão, e pedir para o mocinho do caixa, com seu sotaque desconcertante, um maço de *Camel blue*. O que Schmied deve ter sentido se aproxima ao que aconteceu comigo quando a vi pela primeira vez, em certa tarde chuvosa, ao sentir que todo o peso do mundo se suspendia à passagem de um anjo. Diante da garota que rompeu o lacre do maço, acendeu um cigarro e encostou-se no batente do boteco para observar a rua, o sangue das mãos de Schmied aos poucos se apagou, deixando só uma inquietação boba.

    A história dos dois não poderia ser mais comum. Ela envolve jantares em restaurantes no Jardins, viagens, a compra de um apartamento e até mesmo apresentação às respectivas famílias. Schmied só teve acesso ao lado de Lígia que eu mais desconhecia, uma Lígia solar e quieta, estudante de arquitetura, que prendia o cabelo num rabo-de-cavalo justíssimo, tão diferente da mulher que vi, cuja silhueta recortada no azul do anoitecer parecia capaz de arrastar animais selvagens em coleiras. Foi na véspera da noite da minha quase morte que Schmied ficou sabendo que Lígia mantinha um apartamento secreto no centro da cidade, iluminado por velas, que pagava o aluguel em cédulas e onde recebia seus amantes. Mais especificamente, um deles: o fotógrafo obcecado por pássaros. Isso fez com que as mãos de

Schmied ficassem sequiosas pelo sangue perdido, ordenando litros de sangue, baldes de sangue, mares de sangue. Meu sangue. Porque Lígia queria acabar com o noivado.

Uma vez caído no boxe do banheiro, um dos homens torceu meu braço, me arrastando pelo chão e me jogou com força na sala. A partir daí, tudo que lembro são explosões. Fogos de artifício cheios de dor e carne. A consciência absurda da carne. A cada pontapé no estômago, uma nova explosão. Cores, barulhos, formas efêmeras. Dois caras me seguraram de pé enquanto Schmied socava meu rosto. Não sou um homem propriamente fraco — quer dizer, não era —, sou alto e tenho ombros de nadador, e por isso demorei tanto para desmaiar, o que só serviu para prolongar a tortura.

Tudo isso que relato, inclusive a história de Schmied com Lígia, só soube depois, quando o advogado acionado por minha mãe, o Dr. Kita, ex-sócio de Jacques, que quando vivo havia lhe salvado inúmeras vezes, ergueu as sobrancelhas e disse que, apesar de toda a violência, era um caso difícil. Para evitar maiores perigos, disse ele, era melhor que eu me esquecesse dela. Que ela já não morava em São Paulo. Foi só aí, observando os ciprestes se agitarem na chuva pela janela do escritório do advogado, meio grogue pelos analgésicos, que soube que Lígia ainda estava viva. Porque, durante a sessão de tortura a qual, apesar da gritaria, nenhum dos meus vizinhos compareceu, Schmied apontou uma pistola para mim e disse que era melhor eu parar de resistir, porque Lígia já estava morta e enterrada. É uma das últimas coisas que lembro antes de desfalecer. Outra, são os homens encontrando as pastas com fotos de pássaros, a *Olympus 35*, uma caixa vermelha com detalhes azulados repleta de fotos da infância, e pisando nelas, divertindo-se enquanto as destruíam todas.

19

Apenas duas pessoas foram me visitar no hospital: minha mãe e Salustiano, o taxista que me levou até lá. Era um homem forte e alto, com gestos rudes, que se vestiu extremamente bem em sua visita, como se estivesse indo a um funeral. Os poucos cabelos brancos que saíam de seu cocuruto negro estavam penteados quando ele tirou o chapéu e sentou ao lado de minha mãe no quarto. Eu tinha saído da UTI, o pior já tinha ficado para trás e era só uma questão de tempo até a alta chegar. Ainda num estado de torpor por causa das numerosas anestesias e dos medicamentos, ignorei a história que ele contou, só vindo a saber por minha mãe dois dias depois, perdido que fiquei nas abotoaduras da gola de sua camisa preta, que brilhavam feito pepitas nas entranhas de uma gruta inexplorada. Aquele homem parecia uma assombração, a entidade que vinha me buscar, e eu não sentia medo. Para falar a verdade, achava-o belo, e não conseguia desviar os olhos, ficando absorto por sua imagem, como certa vez fiquei, na antessala da infância, contemplando os oratórios de meus avós.

Quando finalmente estava acordado, aliviado por estar vivo e deprimido por todo o resto, mas ao menos apto a segurar um garfo e ingerir alimentos sólidos tipo carne e batatas, ouvi de minha mãe a história de como e, sobretudo, por que Salustiano salvou a minha vida.

Mesmo eu nunca tendo o visto, Salustiano me conhecia há cerca de dois anos, por ser, assim como eu, frequentador assíduo do Café-Teatro e mais um admirador de Brigitte Lahaie. O fato é que ele ia ao Café-Teatro desde que era um jovem na praça, recém chegado de Santana do Cariri, no interior do Ceará. Era lá que gastava o tempo que sobrava de todos os ofícios que teve por aqui, de metalúrgico a motorista de ônibus, até virar taxista, o que segundo ele era uma espécie de limbo em vida. Travou contato com muitas figuras da noite que subiam e desciam aqueles degraus acarpetados de veludo vermelho, desde pedreiros esticando o expediente até vereadores molhando mãos, se inteirando de que o Café-Teatro, além de cinema pornô e bar, também era palco para diversas negociações escusas.

Por ser considerado um ambiente para pessoas desenganadas da vida, a Santa Casa dos Pecadores, era natural que ele achasse a presença de um jovem como eu intrigante. Nunca me dirigiu a palavra, cordial que era, mas seguiu cada um dos meus passos, chegando a saber quantas vezes eu já tinha visto tal filme, registrando meus gostos e horários. A princípio, pensou que se tratava de um louco, uma vez descartada a possibilidade de eu ser P2, já que ele conhecia todos os gambés da região, mas acabou se afeiçoando à possibilidade — um pouco mais acertada — de que eu era um artista, isto é, um cidadão de hábitos excêntricos. O Café-Teatro era a segunda casa de Salustiano, e o táxi, a primeira. Ele tinha um quarto na região da Freguesia do Ó, mas sua obsessão mesmo era ficar trabalhando de madrugada e passar o dia alternando entre passeios com o taxímetro desligado e sonecas em becos que só ele conhecia. Assim, passou a me seguir. Não fazia por mal, tinha simplesmente ficado interessado, e quando o movimento era fraco, acompanhava meu trajeto de casa até o Café-Teatro, do Café-Teatro até o motel onde encontraria Lígia, e vez ou outra chegou a ver nós dois juntos, saindo como um casal de adolescentes para a rua, a um passo de nos dispersarmos na multidão. Muito bonita, foi o que disse sobre ela. Muito bonita. Não tinha como discordar dele.

Meia hora antes de iniciar o turno na noite do meu espancamento, Salustiano passou em frente ao Café-Teatro e viu que reprisariam um filme de Lahaie, um dos nossos muitos prediletos — creio que era *Fievres Nocturnes* —, e resolveu rodar até meu prédio para ver se eu pegaria a sessão. O acaso, que alguns chamam de sorte, armou um trânsito inesperado quando ele já havia passado do retorno que daria acesso à desistência de sua ideia e que, por consequência, resultaria na minha morte. O taxista ficou aborrecido, mas decidiu ir em frente mesmo assim. Tinha virado uma questão pessoal se eu assistiria ou não àquele filme. Enquanto Salustiano estava preso no engarrafamento, bufando e sacudindo o dedo para flanelinhas que vinham ensaboar o para-brisa, Schmied fazia farinha com meus ossos. Ao chegar em frente ao prédio, obscureceu o rosto por detrás do volante quando viu o major que já conhecia de outros carnavais saindo pela portaria, acompanhado de cinco ou seis homens e recendendo a sangue fresco. Vendo o grupo dobrar a primeira esquina, correu a tempo de pegar a porta aberta e, para me encontrar, bastou seguir a trilha de sangue espalhada pelos degraus até o terceiro andar, onde eu estava a um fio da morte.

Salustiano não pôde deixar de achar graça, disse minha mãe, foi no sangue que tingiu os degraus do prédio. Segundo ele, a cor ficou parecida com a do veludo das escadas do Café-Teatro.

20

Aos poucos voltei a fotografar. Numa tarde quente de janeiro, mancando por entre as barracas da feira da Benedito Calixto, bati os olhos numa caixa com seis *Canon T-800* descartáveis e comprei todas por duzentos e sessenta reais, aprendendo a registrar outras coisas que não pássaros, nem mulheres. Algo que vinha me agradando era o momento em que a coluna de luzes se acendia no prédio frente ao meu, fazendo-o parecer tomado por uma serpente de fogo.

As câmeras de plástico ajudaram na minha recuperação. Todas as segundas-feiras eu tirava um autorretrato no espelho do banheiro, de corpo inteiro, sem camisa, e ao passar dos meses — quando já tinha encomendado um novo lote de caixas pela internet — fui vendo o corpo se apoderar de si outra vez, como um bicho largado em seu habitat natural depois de tanto tempo no cativeiro. As próteses dentárias se assentavam, as cicatrizes no rosto iam avançando na escala de cor, migrando do roxo ao amarelo, as cordas dos pontos endureciam e caíam, enfim, todo o processo pendurado num varal que armei acima da banheira. Museu da História Natural da Dor, é como batizei a instalação.

Sempre fui um cidadão de hábitos modestos e regulares, preferindo almoçar sempre no mesmo lugar e tendo sempre as mesmas opções daquilo a que chamam lazer.

Quero dizer, o ingresso do Café-Teatro era baratíssimo, chegava a ser de graça às vezes, assim como o conhaque era cortesia da casa. Por causa disso, mantenho dinheiro contado, e ao passo que ia recebendo pelos meus trabalhos, reservava uma quantia numa poupança que sabe-se lá quando eu recuperaria. Nunca ajudei projetos sociais ou ONGs de qualquer tipo, e vivia desviando das abordagens dos voluntários que ficam na Paulista com coletes e pranchetas. Só digo isso para explicar como consegui viver sem grandes apertos enquanto estive fora da praça e para contabilizar alguns custos dessa história toda.

Como disse, a influência e boa reputação de Schmied no lado podre do Estado, que não chegou nem a prendê-lo por quarenta e oito horas seguidas, o isentou de ter que pagar mais do que a cirurgia da costela e os tratamentos iniciais, deixando assim nas minhas mãos comprar toda uma biblioteca de analgésicos e contratar um pequeno exército de profissionais da saúde. Hoje estou bem, os médicos disseram que recuperações tão velozes e sem complicações são raras, e a raiva, acredito, foi elemento fundamental para a cura, como se meu corpo tivesse pressa para se recuperar e se vingar de uma vez por todas, o que, é claro, não fiz, porque ao sair do hospital e inverter gradualmente a condição de inválido, procurei esquecer tudo, tornar Schmied o reflexo de um pesadelo distante, e, principalmente, apagar Lígia da memória, seguindo o conselho do Dr. Kita. Ajudou o fato de que ela nunca me deixou fotografá-la. Não a procurei. Nem ela me procurou. Sei que é um tropo comum na ficção, mas no final dessa história a menina desaparece. Lígia desaparece. Muda a minha vida e some. Ao modo da Camilla Lopez que Fante pintou para Arturo Bandini, ela age como uma figura cinematográfica, maníaca e sonhadora que só pode existir na cabeça de um escritor. Olhando para trás, reconheço que, ao longo da vida, fiz de tudo para me esquivar das narrativas comuns. Segui caminhos que acreditava imaculados, registrei paisagens e imagens que, na minha visão, se abriam somente para mim e mais ninguém. Mas a tendência da vida a imitar a criação é algo que sempre estará fora do meu controle, e se no fim deste relato a história do meu voo e da minha queda soar familiar, há pouco que eu possa fazer. Posso dizer, por exemplo, que nada do que aconteceu comigo operou na camada superficial dos fatos. Que as feridas, o sangue e as dores são reais. Que os impulsos contraditórios que mantinham Lígia próxima de Schmied e ao mesmo tempo a empurravam para a incerteza de seus encontros comigo, esta insanidade, esse flerte com o risco, são impulsos reais que existem e estão por aí, agindo dentro das pessoas que vemos por estas ruas e que, por força de seu contexto histórico, têm narrativas vitais semelhantes, mas ainda assim não deixam de ser peças únicas num jogo que ninguém sabe como termina. Esta é, afinal, uma história sobre fotografia. Uma história sobre representações. Sobre a repetição contínua de algo que não existe mais.

 Outra despesa foi o preço que Salustiano cobrou por seu heroísmo. Apesar de ter ido ao hospital tão bem vestido, era óbvio que não possuía um tostão. Não sei o que aconteceria se eu não tivesse pagado, não havia mais nada que alguém pudesse fazer comigo a não ser me matar, o que não parecia ser a sua intenção.

Quando não temos consciência da morte, mal percebemos quão apegados somos à vida. É só molhar os pés na lagoa da inexistência que tomamos conhecimento de certos sentimentos que nos habitam em silêncio. Depois do que me aconteceu, descobri que tenho muito medo da morte. Eu, um homem anônimo, sem amigos, sem história, que nunca fez nada para ajudar ninguém, que viveu empurrando os dias e encontrando subterfúgios, registrando cidades, belezas e pássaros, tenho medo da morte. Por isso, todos os dentes de ouro do cemitério não seriam o suficiente para agradecer a Salustiano. Enfim, paguei uma quantia que o permitiria ficar de folga por um tempo, pela qual ele agradeceu com um leve meneio de chapéu e um tapinha amigável em meu ombro, como quem diz "nos vemos por aí". Levava na carteira dinheiro suficiente para assistir a uns seiscentos filmes de Brigitte Lahaie.

Com tudo isso, era preciso que eu voltasse a trabalhar, e nesse quesito minha mãe foi de grande ajuda. Ainda não podia retornar com as fotografias eróticas, já que não conseguia nem subir uma escada, imagine ter que bisbilhotar apartamentos atrás de luz ou fugir de eventuais maridos assassinos — com o tempo aprendemos a tomar precauções. Arranjou bicos para mim em diversos eventos de Socorro, como casamentos e batizados, desses que o cliente não tem noção nenhuma de fotografia e só quer que a ocasião esteja registrada de alguma forma. Pela experiência, a reputação foi se espalhando entre as donas de casa do interior, e quando vi já estava com a agenda lotada por dois ou três meses. Não só a reputação de bom profissional, o que é reconhecível, mas também a de fotógrafo manco, que fez muito sucesso entre as crianças e os senhores médicos que sempre sabiam de alguém na capital que poderia ajudar. Foi um tempo que passei mais na estrada do que em qualquer outro lugar, indo e voltando de carona com minha mãe, que dirigia muito séria, sem falar, com os olhos perdidos no céu que se erguia acima das encostas dos caminhões.

Numa dessas viagens, encontrei Lígia.

21

A cidade de Socorro fica a cento e setenta quilômetros de São Paulo, e quando já transcorrida uma hora e meia de viagem, sempre parávamos numa vendinha que havia na estrada, tocada por uma família local, para comprar doces, nos espreguiçar e ir ao banheiro. Além da casinha onde funcionava o balcão e duas máquinas, uma para fatiar queijos e a outra para cortar carnes, junto a diversos produtos perecíveis como cachaça e doce de leite, e outros como chapéus, botas e mapas do Brasil, tinha também, próximo à saída que dava acesso à estrada, todo um complexo de canteiros gradeados que uma placa escrita à mão batizava "zoológico", com porcos, coelhos, galinhas, porquinhos-da-índia e até uma vaca. Nessa viagem eu ainda estava chapado de tantos analgésicos, além de sonolento, já que o dia havia acabado de começar, e fiquei observando esses bichos, solitários junto a suas fezes no meio do nada. Pareciam incomodados com os gêmeos que, esperando os pais voltarem da venda, se divertiam jogando folhas para dentro das gaiolas, rindo muito. As risadas dos meninos soavam perturbadoras à minha audição ferida. Inspirei, dando uma olhada no céu da manhã, azul e frio acima do mundo, fiz carinho no cabelo de um deles e entrei.

Minha mãe estava no banheiro. Fiquei passando os dedos nas garrafas coloridas, enrolando-os nas tiras de melzinho que pendiam do balcão, e notei uma série de fotos na parede. Eram todas de uma agência de viagens, e mostravam pontos turísticos da região, em especial um deles, um lugar chamado Gruta do Anjo, que aparecia em várias, fotografado de ângulos diversos. Era estranho que os humanos achassem aquilo bonito. Era bonito, sem dúvidas, mas era estranho. A água não era translúcida, e em nenhuma das fotos havia sol, e sim esverdeada, tomada pelas sombras das estruturas rochosas que formavam um arco fechado.

Em quase todas as fotos apareciam pessoas, e foi numa delas, uma das últimas, em que a água refletia um céu de tempestade, que reencontrei Lígia. Em pé sobre uma pedra, com o cabelo curtíssimo e o olhar perturbado, estava pelo menos quinze anos mais nova do que era quando a conheci. Concluí então que todas as fotos deviam datar dessa época, e me perguntei o que teria acontecido com cada uma das pessoas que posaram para o fotógrafo da agência de viagens. Teriam um destino tão trágico quanto o da jovem pálida que sorri com dificuldade, parecendo considerar sorrisos coisas estranhas e sem propósito?

Lígia era o anjo. E a gruta, obscura, para onde as águas levam toda a história, uma reserva natural de mistério e morte, a sua casa.

EPÍLOGO

Estou no velório do meu pai. Tenho treze anos de idade. Sentado num sofá junto com minha mãe e meus tios, que a consolam enquanto ela chora, sinto frio nos calcanhares descobertos pelas calças curtas. Apesar de estar incomodado, trago no rosto expressão serena. Mexo no fecho metálico do case da *Olympus 35* que agora me pertence. Lá fora cai um temporal. Parentes e conhecidos trajando luto se aglomeram junto ao caixão ou à mesa, trocando palavras de carinho. Avalio a ideia de que nunca mais poderei ganhar um irmão. Terei de me contentar para sempre com amigos imaginários. Sendo ignorado por todos, levanto e caminho até a entrada da casa funerária. Homens manobram carros e guarda-chuvas. Tudo é muito preto no dia chuvoso.

Tenho vontade de voltar para casa. Não sei exatamente o que significa a morte. Depois de ouvir três trovoadas ricochetearem no céu, dou a volta na entrada e vou circulando a casa por fora. Agora observo minha mãe pela janela. Ela continua chorando e não me vê. Parece que vai ficar ali para sempre. Prossigo. Num rombo de parede, constato que um pardal fez ninho. Tem ovos lá dentro. Giro a cabeça tentando encontrá-lo e o localizo, empoleirado num galho fino que se desprende da copa de um pessegueiro, ao abrigo da chuva. Ele se agita. Tem medo de que eu seja uma ameaça para suas crias. Com cuidado, deslizo os dedos pro case da *Olympus*, tiro a câmera e enquadro o pássaro.

Por um segundo, fico invisível.

*escrito entre Bofete e São Paulo
do inverno de 2019 ao inverno de 2021*

© 2021, Ian Uviedo

Todos os direitos desta edição reservados à
Laranja Original Editora e Produtora Eireli
www.laranjaoriginal.com.br

Edição e revisão **Filipe Moreau**
Projeto gráfico **Arquivo [Hannah Uesugi e Pedro Botton]**
Foto de capa **Pedro Barufi**
Foto do autor **Arquivo pessoal**
Produção executiva **Bruna Lima**

Dados Internacionais de Catalogação na Publicação (CIP)
(Câmara Brasileira do Livro, SP, Brasil)

Uviedo, Ian

   Café-teatro / Ian Uviedo. — São Paulo:
Editora Laranja Original, 2021. — (Prosa de Cor)

ISBN 978-65-86042-26-9

1. Ficção brasileira   I. Título. II. Série

21-84171   CDD—B869.3

Índices para catálogo sistemático:
   1. Ficção: Literatura brasileira   B869.3

Maria Alice Ferreira — Bibliotecária — CRB 8/7964

COLEÇÃO **PROSA DE COR**

Flores de beira de estrada
Marcelo Soriano

A passagem invisível
Chico Lopes

Sete relatos enredados na cidade do Recife
José Alfredo Santos Abrão

Aboio — Oito contos e uma novela
João Meirelles Filho

À flor da pele
Krishnamurti Góes dos Anjos

Liame
Cláudio Furtado

A ponte no nevoeiro
Chico Lopes

Terra dividida
Eltânia André

Café-teatro
Ian Uviedo

Fonte **Tiempos**
Papel **Pólen Bold 90 g/m²**
Impressão **Forma Certa**
Tiragem **200**